Arrangements : F. Alibert
Traduction de l'occitan et infographie : M. Prévôt
Conception: Editions Edite-moi !
ISBN : 979-10-92382-33-4

Elise Cévennes

REBONDS

Vies de femmes 3

Résumé du tome précédent : « Jours heureux ».

Elise est née en 1930. Elle fut une petite fille heureuse et épanouie. Elle a grandi dans les gendarmeries de Marseille, Montauban, Gaillac puis Carmaux. Son père, Jean, gendarme Chef, résidait avec sa famille en caserne. Elia, sa mère s'occupait des enfants, de l'appartement et du jardin. Ce jeune couple avait grimpé dans l'échelle sociale grâce au travail et au mérite de Jean. Elia l'épaulait avec fidélité et amour.

Jeanine, la sœur d'Elise, était l'aînée. Les deux petites filles ont vécu avec leurs parents dans les joies simples d'une vie équilibrée et protégée. L'école, les jeux, les amis étaient leur quotidien. Elise en a gardé un souvenir très précis, très net.

Cette vie stable et heureuse lui permet d'espérer une vie calme et paisible… Qu'y a-t-il de plus ordinaire que le bonheur ? Pourtant cette surprotection va lui être fatale lorsqu'elle voudra commencer à envisager une vie de couple. Elise est trop romantique. L'amour serait son premier critère, pour choisir son mari. Mais l'amour ne nourrit pas son homme et la considération de la société bienpensante est capitale aux yeux de ses parents. Elise a été habituée à obéir. Elle se soumet.

REBONDS

A toutes les femmes qui désespèraient de la vie, qui ne croyaient plus en leur chance.
A toutes celles et tous ceux qui penseraient que Dieu les a abandonnés, que leur destin est sans espérance.
Rien n'est jamais perdu, tout est toujours à renouveler. Cherchez la minuscule étoile qui se cache derrière le nuage...
Cette étoile est à vous, rien qu'à vous.

CARMAUX
Première rencontre avec François

J'avais dit à mon père qu'il me cherche un mari, puisque aucun des jeunes hommes qui me plaisaient ne lui convenait. L'heure de la retraite approchait pour lui. Il envisageait d'aller la passer à Lascamps pour soigner sa mère devenue veuve, et pour cultiver la vigne qui était bien productive à présent. Dans la maison il n'y avait pas de chambre pour moi. Il fallait d'urgence trouver une solution pour me caser.

Un jour, au repas de midi, Papa me dit : « Je crois que je t'ai trouvé un célibataire !

Je le regardai, surprise, incrédule, il plaisantait si souvent !

« Oui, c'est vrai, ce n'est pas une blague !… »

Il me raconta sa matinée : alors qu'il était en tournée pour une enquête, dans une cabane d'étrangers de la mine, il avait interrogé le seul Français résidant là. Son interrogatoire achevé, ils discutèrent amicalement. « Il est célibataire. De fil en aiguille, j'ai su qu'il vivait là faute d'avoir un logement ailleurs, en attendant que la mine lui en accorde un. Il est Aveyronnais de naissance. Il a un blouson de cuir tout neuf, une motocyclette et il n'est pas mal de sa personne. Il travaille dehors aux laveries, ce qui est bien moins dangereux qu'au fond. Son salaire lui permettrait d'élever une famille. Qu'en penses-tu, veux-tu que je te le présente ? Je lui ai demandé s'il fréquentait et s'il pensait à se marier. Il m'a répondu que pour ça il faudrait être deux. Je lui ai proposé de rencontrer une jeune fille, toi en l'occurrence. Il a marqué un moment de surprise, puis a répondu :

« Je pourrais la voir ? »

J'ai objecté qu'il fallait que je t'en parle d'abord.

Au fond de moi j'avais honte, pour moi, pour mon père, pour ma mère qui ne disait rien. Ils avaient dû en parler ensemble auparavant. Ils préparaient leur retraite, marchant à reculons pour savoir ce qu'ils pourraient bien faire de moi.

Je m'entendis répondre :

« Amène-le !

- Quand ?

- Mercredi après-midi, puisque c'est mon jour de repos ! »

J'étais vide, malheureuse, impuissante.

Et ce qui fut dit fut fait.

Vers cinq heures de l'après-midi, la porte s'ouvrit, livrant passage à Papa, suivi d'un jeune homme rosissant d'émotion. Il portait un vêtement de cuir neuf. Il était tout frisé et avait de beaux yeux noisette, brillants. Il souriait. Maman était debout devant la table, tournant le dos à l'évier. Elle lui toucha la main, toute gauche. Je me levais et fis de même. Je travaillais à ma couverture au crochet. Il me dit : « Je vous en prie, continuez. »

Je poursuivais donc, n'ayant rien à lui dire.

Nous avons bu le café en faisant les présentations. Papa faisait les frais de la conversation. Il lui proposa de rester dîner avec nous.

Durant le repas, il nous dit que sa mère était veuve ; elle vivait avec son deuxième fils, René. Quant à lui, il avait quitté la maison pour gagner sa vie car la ferme était trop petite et il ne voulait pas finir son existence dans ce pays trop rude et sans avenir. D'ailleurs sa mère prévoyait d'aller travailler comme ouvrière agricole à Béziers. Elle habiterait chez sa belle-sœur et son beau-frère. L'oncle et la tante emploieraient René dans leur petite entreprise de maraîchage. Le couple, sans enfant, insistait pour qu'ils viennent vivre avec eux. Ils envisageaient de faire de René leur héritier. François, pour sa part, comptait rester à Carmaux comme mineur. Il souhaitait que la ferme se vende.

Il partit à neuf heures du soir, devant reprendre son travail le lendemain de bonne heure.

Nous nous reverrions dans quelques temps.

Le dimanche suivant, il monta au pays pour aviser sa mère de notre rencontre et pour savoir ce qu'elle en pensait. Je le sus plus tard.

Mes parents me confirmèrent qu'il leur plaisait : « C'est un homme qui a une situation et qui est économe : en peu de temps il a épargné pour s'acheter un blouson et une motocyclette ! Tu ne manqueras pas de pain. »

Il revint manger à la maison tous les dimanches.

Visite chez ma future belle-mère

Germaine, la mère de François nous invita à La Combe, après Réquista.

François nous accompagnait. Ce fut une véritable expédition. Il fallait prendre l'autobus de Saint-Izaire qui passait par Réquista et longeait la Vallée de l'Amitié. Il nous déposa au pied de la montagne de La Combe Basse. Un gros bidon de lait attendait d'être pris par le camion de la laiterie de Roquefort. François nous expliqua que chaque jour, après la traite des brebis, sa mère le descendait sur son dos.

Il nous fallut plus d'un quart d'heure avant d'arriver à pied à La Combe, par un chemin étroit, abrupt, plein d'ornières.

La mère de François fut surprise de nous voir arriver si tôt. Elle finissait tout juste de s'occuper des brebis. Elle nous offrit le café et fit sa toilette en combinaison devant nous, en s'excusant. Elle changea de tablier, se peigna. C'était une grande femme bien campée, carrée, avec un visage un peu masculin. Elle avait les cheveux grisonnants, le ventre un peu rond. Elle était simple dans son allure, avec un sourire lumineux, avenant.

Elle nous dit : « A présent je serai plus présentable. »

Son sourire respirait la bonté et la simplicité d'une brave paysanne. Elle parlait un français très correct, inusité pour une personne de la campagne. Elle s'assit près de moi, me faisant de la main une pression amicale sur le genou en souriant. Elle était très sympathique.

« Je ne peux pas vous présenter mon fils cadet, il est au régiment et il n'a pas beaucoup de permissions. »

Elle vivait donc là, cette femme, toute seule, perdue dans cette montagne, avec son chien, ses brebis et ses poules. Tout en parlant, elle s'activait à préparer le repas, triant les légumes pour nous faire une soupe savoureuse. Elle écrasa dans un pilon en pierre une belle tranche de lard qui rendit le potage tout blanc. C'était la première fois que je voyais cela. Pendant que la soupe bouillait vivement dans sa marmite en fonte sur le feu de bois, une agréable odeur de poulet rôti chatouilla nos papilles. Ce fut un régal, avec des pommes de terre à la poêle et une salade du jardin. Le fromage de Roquefort, si crémeux et savoureux, fut un vrai délice. La cave le lui fournissait en tant que productrice de lait.

Je regardais cette solide et authentique maison aveyronnaise où l'on se sentait bien. De beaux placards et buffets anciens brillaient sous la cire d'abeille. Une pendule Louis XIV au coq et au soleil en cuivre avait une allure étonnante. Sa caisse, en bois de cerisier, descendait dans la cave par un trou pratiqué dans le plancher, le plafond de la cuisine n'étant pas assez haut pour la contenir toute entière. Grâce à sa hauteur cette pendule tenait l'heure plus d'une semaine.

Nous avons visité la bergerie, caressé les agneaux. Les poules grattaient dans le fumier, juste sous le balcon. La montagne continuait bien haut encore. Tout en bas coulait le Tarn surplombé par l'à-pic, en face. Partout des bois et encore des bois. Il n'y avait qu'un seul voisin, bien plus haut encore, à La Combe Haute.

Le dimanche était le seul jour où l'on sortait de sa ferme, pour aller à la messe et faire les commissions à Saint-Izaire, à pied bien sûr, sur l'autre versant.

Ils étaient très pratiquants. La mère de François avait trois sœurs religieuses : une à Millau, sœur Elisabeth, professeur de français, une autre à Paris, sœur Saint Henri, chef de service dans la maternité Cognac Jay et la troisième en Grèce, sœur Nathalie, professeur de musique et de français. Il y avait eu un prêtre aussi dans la famille, missionnaire aux colonies. Après son départ, on n'en avait plus jamais eu de nouvelles.

Leurs parents leur avaient donné une bonne éducation. Cela se sentait. François parlait correctement, sans plus, sans mots grossiers. Mais on sentait un manque de culture évident. Papa me disait : « Il n'y a pas que ça dans la vie, tu sais ! ».

Plus tard dans la journée, mes parents et la mère de François se questionnèrent mutuellement sur la santé des familles. Rien de particulier à signaler, sinon que François avait trouvé son père mort au bord d'une mare. S'était-il entravé, avait-il eu un malaise ? Si quelqu'un avait été là, peut-être ne se serait-il pas étouffé dans l'eau, il aurait suffi de lui tourner un peu la tête ? Il avait fait la guerre de 14-18, alors il pouvait en avoir gardé des séquelles !

Nous nous en retournâmes assez tôt dans l'après-midi afin de ne pas manquer l'autobus. Fort de tous ces renseignements, Papa était assez satisfait. François revint tous les dimanches et parfois le mercredi après-midi.

Trois mois après, nous célébrions les fiançailles.

La veille, je dormis chez Monique. Le Papa occupa le lit de sa fille au deuxième étage pour nous laisser la chambre des parents au premier étage. Elle donnait sur la rue. Monique, sa mère et moi nous sommes installées en travers du lit. Nos pieds reposaient sur des coussins à même des chaises. Cela nous faisait bien rire. Avec l'amitié pour compagne, on s'accommode de tout.

Nous commencions à nous endormir quand est

passée une bande de fêtards qui hurlaient à tue-tête. Puis ce fut une voiture dont le klaxon était coincé. Le bruit dura un moment si bien que nous avons fini par en rire nerveusement. « Ce n'est pas vrai ! » répétait la mère de Monique.

La Maman de François était descendue de sa montagne. Elle dormit à la maison. Ses voisins s'occupaient du bétail. Je m'étais confectionné un chandail bleu pétrole pour la circonstance. Pour meubler l'après-midi, nous avons pris ma future belle-mère au cinéma pour voir jouer "*Le troisième homme*" dont la critique parlait tant à la radio. « Comment peut-on inventer des histoires aussi laides ! », dit-elle.

Dans la rue, elle nous avoua qu'elle serait bien incapable de se repérer, voyant les maisons toutes pareilles. Elle repartit le lendemain matin. Ses voisins l'avaient bien dépannée pour les brebis mais il fallait qu'elle descende le grand bidon de lait jusqu'à la route où se faisait le ramassage tous les matins.

Avec François, nous sommes revenus la voir une autre fois sur la moto, mais jamais je ne rencontrais son frère. Je sus, mais bien plus tard, que François avait commencé à fréquenter une jeune fille. Elle le quitta quand elle vit René. Il était bien plus beau que lui, plus cultivé aussi. Elle en était tombée amoureuse. François en avait gardé un terrible dépit. Il s'était juré qu'il ne lui présenterait plus jamais une fille qu'il fréquenterait.

Le dimanche, François et moi restions à la maison.

Ma couverture au crochet était bien avancée et j'en arrivais à la bordure que je devais finir avec des franges. J'avais enroulé le coton autour d'un carton, à la longueur voulue. J'avais calculé combien il me faudrait de tour avec sept brins par frange.

François ne venait que l'après-midi car il logeait à présent à Monestiés dans une ferme qui faisait aussi hôtel. Il s'occupait du bétail et de l'entretien de l'écurie. Il était logé et nourri. En conséquence, il économisait son salaire.

Nous n'avions rien à nous dire. Pour l'occuper, je lui faisais aligner bien régulièrement les brins de coton sept par sept. Je les adaptais au crochet sur la couverture. Voilà comment se passaient nos dimanches. Je ne voyais plus Monique, mon amie. Je préférais car je savais bien, en mon for intérieur, que j'avais honte de sortir avec ce garçon.

Un jour, je m'aperçus qu'il manquait un bouton à sa braguette et qu'il ne portait pas de slip. C'était malpropre. Et si quelqu'un s'en apercevait ? Passe pour le bouton manquant, un homme n'a peut-être même pas de fil et une aiguille, mais ne pas mettre de slip !... Dans la conversation, je m'arrangeais pour faire allusion aux dessous des hommes et des femmes en général. A sa visite suivante je vis qu'il en portait un.

La date du mariage approchait. On envoya les faire-part.

Madame Noguéra, la Maman de Monique, confectionna ma robe de mariée. Mais plus le temps passait, plus j'étais triste. Je voyais bien que je courais à la catastrophe.

Un soir, nous avons pris Maman au cinéma. En sortant, François posa son bras sur mes épaules, laissant pendre sa main devant, sans élégance aucune et marchant d'un pas saccadé comme s'il était au milieu des champs avec un bâton. J'étais gênée. Il n'y avait personne dans cette rue Bouloc-Torcatis qui nous ramenait vers la gendarmerie. Il rentra avec nous dans la cour, nous dit bonsoir et repartit. Arrivées à l'appartement, Maman me gronda vertement parce que je me tenais mal dans la rue avec ce garçon. « Te rends-tu compte qu'il te mettait le bras sur l'épaule comme un paysan ? » Elle croyait peut-être que je ne l'avais pas réalisé ?

Je pleurai cette nuit-là, en pensant à mes autres amoureux pour lesquels j'avais eu tant d'estime, avec lesquels nous allions danser en groupe. Nous nous amusions. Avec François, on ne parlait que de travail et d'économies. Nulle autre conversation. La vie était terne. Non, vraiment, ce n'était pas un garçon pour moi. Je le devinais bien aussi dans le regard des gens.

Le lendemain, je fis part de mes réflexions à mes parents.

« Il vaut mieux que je ne l'épouse pas ce garçon car je ne serai jamais heureuse avec lui. Je préfère le laisser tomber, tant pis ! »

Mais ce sont mes parents qui crurent que le ciel leur tombait sur la tête : « Comment ! Tu ne vas pas nous faire ça ! Réfléchis un peu à ce que vont dire toutes ces femmes ! Tout est commandé pour la noce. Regarde dans quelle situation tu nous mets ! »
Ce ne furent que cris et réprimandes : « Tu ne sais pas ce que tu veux, et surtout que vont dire ces femmes ! ».
Ces femmes, c'étaient les trois sœurs de ma belle-mère, les trois religieuses dans leur couvent que je n'avais jamais vues !... « Et toute la famille, tu ne te rends pas compte de ça ! Les invitations sont déjà parties ! »
Oui, je me rendais bien compte qu'il valait mieux se préoccuper du qu'en-dira-t-on que de mon propre bonheur.

J'écrivis une lettre à François, lui disant que nous faisions une erreur, n'étant pas faits l'un pour l'autre. Il ne me répondit pas.

Mes parents revinrent à l'attaque : « Et au moins ne fais pas l'imbécile, nous aurions bonne mine dans Carmaux avec la situation de Papa...

« Bon, bon, ça va ! Je me marie !... »

Nous étions à trois semaines de la noce. Heureusement qu'il y avait les essayages de la robe, les préparatifs. Papa avait commandé des truites au gardien du barrage de Pampelonne... Je voyais bien qu'ils se donnaient beaucoup de mal pour que tout aille bien.

Mais mon cœur n'y était pas du tout.

Un dimanche ma sœur monta avec son mari et leur petit Daniel, mon filleul âgé de trois ans. Il était turbulent mais extrêmement mignon. Ma sœur s'arrangea pour se trouver seule avec moi : « Michel m'a téléphoné pour me demander ce que tu devenais. Je lui ai dit que tu venais de te fiancer. Il a simplement fait : "*Ah !* " Pauvre Michel, il était fidèle jusqu'au bout. S'il avait su ! Mais je n'allais pas créer un nouveau scandale. D'ailleurs, je n'avais pas vingt et un ans, il manquait trois mois. Je devais entière obéissance à mes parents. J'en étais là, à l'époque !

Une dame âgée voulut bien me prêter un très beau jupon fait de trois splendides volants de différentes dentelles. Madame Noguéra m'assura que la robe en serait mise en valeur, ressemblant légèrement à une robe à panier. Il fallait l'apporter chez une repasseuse professionnelle que j'allais voir à Sainte-Cécile. Elle avait vraiment trop de travail pour me promettre d'avoir fini à temps. Voyant mon désarroi, elle m'expliqua comment il fallait que je m'y prenne pour le repasser. Maman voulut savoir elle aussi comment faire. J'hésitais à le lui dire, la connaissant. Je voulais accomplir ce travail moi-même en rentrant du bazar. Elle insista, je lui expliquais. Ce que je craignais arriva. Maman avait déjà apprêté le jupon. J'entrais dans une colère noire : « Tu fais toujours ce que tu veux. Vous me méprisez. Puisque c'est ainsi, je ne me marierai pas. » Cela dut faire grand bruit, car Papa monta les escaliers quatre à quatre pour voir ce qui se passait. J'étais folle de rage.

« Mais ça n'en vaut pas la peine voyons ! me dit-il.

- Ah ! Oui ? C'est pareil pour tout. Je ne peux jamais prendre la moindre initiative, j'en ai assez. Ça suffit. Je vais le froisser et recommencer. »

Et je me saisis du jupon à pleine brassée. Maman levait les bras au ciel, je m'en moquais. Je pris le fer à repasser et remettais en forme le jupon. Pour une fois, je décidais... mais trop tard.

Dans mon dos, Papa gourmandait Maman qui avait un petit sourire vexé et se cherchait des raisons.

Je pensai : « Quel mariage alors ! »

La veille du grand jour, la robe blanche était suspendue presque au plafond, à la tringle de la fenêtre pour qu'elle ne se froisse pas avec sa traîne de cour, œuvre de madame Noguéra.

Lorsque tout le monde fut couché, je fis mon journal, avec mille promesses à moi-même de rester une femme digne et fidèle.

La couverture au crochet était terminée.

J'épousai le lendemain un garçon que je n'avais vu que cent cinquante heures, en présence de mes parents.

La noce

« Debout ! C'est le grand jour ! » Tout était prêt, les invités arrivaient peu à peu. Papa avait commandé un autobus à Réquista pour transporter la mère de François, René son frère, l'oncle de François et sa fille Eliette. Il avait pensé qu'il n'y aurait pas suffisamment de voitures pour nous transporter tous jusqu'à la mairie. Le car nous serait bien utile… Mais il y eut assez de véhicules !

Je ne désirais pas inviter certaines personnes à la noce. Mes parents avaient tenu à ce qu'ils y soient. Toujours pareil, il fallait en passer par leur volonté. Les commentaires ensuite iraient bon train.

Nous avons gravi le grand escalier de pierre de la mairie de Carmaux pour ce " *oui* " civil. J'étais très fière d'avoir mon Papa en grande tenue, celle qu'il ne mettait que pour les revues ou les présentations militaires. Je le trouvais très beau. Il avait beaucoup de prestance.

Il n'avait alors que quarante-cinq ans. Je lui pris le bras pour traverser la place de la mairie à l'église. Le trajet n'était pas bien long.

Il y eut une belle messe avec les orgues. Tante Adrienne chanta l'Ave Maria de Gounod. Je l'avais chanté moi-même pour la noce de ma sœur, avec le Panis-Angélicus de César Frank. Je pensais à tout cela, à Michel qui aurait dû être à mon côté en ce jour. Il ne fallait pas que je pleure, non, surtout ne pas pleurer, les gens auraient pensé que j'avais des larmes de joie. Ce fut l'échange des anneaux. Quelle vie m'attendait ? Après tout, le sort en était jeté ! Mais là-bas, au fond de l'église, contre la porte un dimanche durant la messe, nous avions uni nos mains avec Michel, comme une promesse de mariage. J'étais parjure !

Cela ne me porterait-il pas malheur ?

A la sortie de la messe, je vis mon amie d'école, Eliette Fabre qui m'apportait un magnifique bouquet de glaïeuls. Pour la photo, Papa en glissa les tiges sous ma robe et arrangea les fleurs à mes pieds. A part le petit bouquet que j'avais dans les mains, ce furent mes seules fleurs. Merci Eliette. Dans la vie, il y a des choses qui font tellement plaisir qu'elles font mal.

Le photographe était là, bien sûr, pour la postérité. Elle n'est pas belle la photo. Mon sourire est un peu amer, crispé, douloureux aussi à cause des chaussures qui me faisaient mal. J'avais fait faire des lunettes modernes, sans monture. Elles sont mal faites, mal taillées, cela se voit sur la photo. Un verre est un peu plus grand que l'autre. « Et zut ! »

Nous prîmes la direction de Monestiés, où nous allions au restaurant " *Bon Accueil* ". François s'y était occupé des vaches la veille. En plus, il avait doublé sa journée à la mine sans s'arrêter. Aussi ne se sentait-il pas très frais. Le matin, avant de partir pour le mariage, il m'avait dit : « Je suis crevé ! »

Apéritifs, repas, tout était savoureux et copieux, mes parents avaient bien fait les choses.

Et comme il se doit dans toute noce, on exigea quelques chanteurs.

Monique chanta, « La Romance de Maître Patelin ». Henri Loubet entonna de sa puissante voix « Le Malabar », puis Jacky Doat qui chantait bien aussi mit de l'animation. Mon beau-frère Nanan, malgré quelques réticences nous offrit son « Petit négro » qui nous amusait à chaque fois. Ma sœur Jeanine fredonna « La chanson de Mireille » qu'elle avait apprise à Montauban avec son professeur Mademoiselle Boisselier, pour jouer au théâtre municipal. Juliette ma cousine se lança dans une chanson d'autrefois avec des couplets qui n'en finissaient pas, si bien que tout le monde se mit à rire. La chanson se terminait… enfin… et ce fut un tonnerre d'applaudissements qu'elle prit avec beaucoup de plaisir, rougissante et fiérote. Quant à André, son frère que j'ai toujours considéré comme mon propre frère, il ne savait pas chanter et ne le voulait pas. Alors je lui ai demandé de chanter comme pour le mariage de ma sœur. Il se leva et dit, « Puisque vous le voulez tant, *me damne** ! »… et en riant, il entonna «La Marseillaise» que nous reprîmes tous en cœur. Cher cousin.

« A toi, Elise !, ont crié quelques voix.

- Mais non, pas moi aujourd'hui ! »

Un fameux dicton de mauvais augure disait qu'une mariée ne doit pas chanter le jour de son mariage, que cela portait malheur. Ils insistèrent. Je me levai et chantai : «Fascination» puis « La berceuse de Jocelyn ». Nous la chantions avec Michel… « Ô, ne t'éveille pas encor'! ».

Mon réveil serait brutal.

Il faisait très chaud. J'allai aux cuisines remercier les employées pour tout leur travail et les embrasser. Je sus bien plus tard qu'elles avaient dit « Comment une fille comme ça a-t-elle pu épouser ce type ? »
Je le ressentais bien dans leurs regards. J'étais triste, peut-être aussi comme humiliée. Cela me faisait très mal.

Toute la noce est sortie sur les allées de Monestiés pour digérer un peu et respirer. Quelle chaleur !
Au milieu du groupe d'une cinquantaine d'invités, avec François, à côté de mon amie Monique et de son fiancé François, nous avancions sous les arbres quand

*me damne** ! : Dieu me damne!

soudain mon jeune mari dit : « Té, je suis complètement crevé, je préfère m'asseoir. Faites de la me… si vous voulez, je préfère m'asseoir. »

Et sans me demander d'aller avec lui, il alla se jucher sur la murette qui longeait les allées. Je restai interdite, gênée par sa grossièreté et pour mes amis que j'avais le plaisir d'accompagner.

En un jour pareil, devais-je laisser mon mari tout seul ? Je le regardai de loin, il me sembla qu'il avait un mauvais regard. Je m'excusai auprès de Monique et François et partis rejoindre mon époux, sans aucun enthousiasme.

« Je suis complètement crevé », me répéta-t-il.

Que faire, que dire ? Je comprenais qu'il devait être fatigué. Je regardais tout le groupe des jeunes qui riaient, s'amusaient en se poursuivant. Avant, je n'aurais pas été la dernière !

Je voyais aussi Monique qui nous regardait furtivement. Je savais bien ce qu'elle devait penser de tout cela. Ah ! Ce que j'ai pu être triste, honteuse, le jour de mon mariage !

Nous sommes rentrés ensuite pour danser. J'ai poussé, tiré François pour ouvrir le bal. Il n'avait jamais mis un pied devant l'autre en musique. Puis il s'est assis et m'a regardé danser avec tous mes amis, discutant avec les oncles ou les tantes. Rien ne pourra jamais exprimer tout ce qui se passait dans ma tête. J'étais dans une contrariété souriante, dansant, pour me faire plaisir et aussi "*sauver la face*". Je n'étais pas encore consciente que c'était là mon dernier bal avant longtemps.

La nuit tombait, nous allions boire l'apéritif. Je ne me sentais pas bien. Ce devait être la contrariété de la promenade. Je voulus faire comme tout le monde et bus un peu, si peu… Les cuisinières avaient dressé les tables et tout le monde s'installait pour le dîner. J'étais malade !...

Je me précipitai dehors pour aller vomir, quand je vis venir François ; gênée d'être ainsi dérangée devant lui j'essayais de me retenir de soulager mon estomac, ce qui me rendit encore plus malade.

Je revins vers la table, pour les invités, mais j'aurais tellement préféré rester seule dans un coin à calmer mes nausées. Devant la tasse de tisane que l'on m'avait apportée j'étais écœurée de regarder manger les autres.

Tout le monde riait, plaisantait. Je me sentis mieux d'être restée à jeun. Il devait être environ une heure du matin quand Tonton Gabriel vint me dire à l'oreille : « Si vous voulez vous sauver les enfants, ce serait le moment, pendant que nul n'y fait attention. Je suis dans la voiture sur le bord de la route, je vous attends. »

Déjà, il fallait partir ! Non ! Une faim subite me noua les tripes et j'allais à la cuisine. Je me reverrai toujours, mangeant un morceau de pain avec du saucisson, un verre d'eau, et Papa qui arrivait en disant : « Allez vite les enfants, mon frère vous attend dehors et se demande ce que vous faites. »

Il fallait y aller, c'était dans l'ordre des choses.

Tonton nous attendait et nous dit que les jeunes commençaient à se douter de notre fuite.

Nous étions sur la banquette arrière avec François qui m'appuya sur son épaule. J'avais les yeux pleins de larmes. Je m'imaginais comme une colombe que l'on emmène en cage à son pigeon.
Je pensais à Michel qui aurait dû être à côté de moi en cet instant.

Nous sommes arrivés sur la côte de La Peyre, chez la grand-mère de Monique qui nous hébergea. Tonton repartit en nous souhaitant « Bonne nuit ».

Je demandais à François de défaire les nombreux boutons recouverts de tissu, tout le long du dos, ce qu'il fit avec beaucoup de difficulté. Je me sauvais à la salle de bain. Je revins à la chambre, lui partit à son tour à sa toilette.

J'étais enfouie sous les couvertures, malheureuse, pensant à Michel que j'attendais. Lorsque François tira le drap, il me trouva en larmes et vint s'allonger à côté de moi, me prenant dans ses bras.

« Mais qu'est-ce que tu as ?

- Rien c'est l'émotion. Les autres vont bientôt arriver, il vaut mieux attendre. »

Les jeunes sont arrivés, les uns entrant par la fenêtre, les autres par la porte, mais sans trop de dommages. La grand-mère de Monique nous servit des liqueurs. Et tout le monde repartit.

Durant huit jours, je ne pus me donner à cet homme.

Je lui fus toujours reconnaissante d'avoir été patient. Je pense que c'est pour cela que je suis restée si longtemps avec lui. Dix-huit ans !

Le voyage de noce

Ma belle-mère nous promit cinq mille francs si nous passions par Lourdes pour notre voyage de noces. Nous avons accepté pour lui faire plaisir. Nous sommes partis le surlendemain, avec une halte à Toulouse à l'hôtel du Nord. Notre petite chambre était au deuxième étage. A quatre heures du matin il faisait très chaud. Je me levais pour prendre l'air par la fenêtre ouverte. François s'assit sur le lit et m'interpella vivement :

« Qu'est-ce que tu fous devant la fenêtre en chemise de nuit ? Tout le monde peut te voir. Tu as l'air de racoler.

- Mais ça ne va pas, non ?

- Je te dis de te sortir de là ! »

Craignant que les voisins se fâchent, je revins au lit. Notre voyage de noces commençait bien !

Le lendemain matin nous prenions le train pour Lourdes. Nous avons visité la ville. Des pèlerins gravissaient la côte du chemin de croix à genoux, les bras en croix, le chapelet à la main. Je pensais qu'il fallait qu'ils aient vraiment la foi ou une forte motivation.

Le lendemain nous nous sommes levés de bonne heure pour assister à la première messe. Nous marchâmes un peu et je m'arrêtai devant une vitrine. Lorsque je me retournais pour parler à François, il n'était plus là. Je le cherchais en vain et me dis que je le retrouverais à la basilique. J'allais à la chapelle supérieure où nous devions nous rendre. Pas de François. Je descendis rapidement à la chapelle du bas où je ne le trouvais pas non plus. La messe avait déjà commencé, je la suivis, pensant que je le retrouverais à la sortie. Je communiais. A la fin de l'office, dans cette grande foule, ne trouvant pas mon mari, je rentrais à l'hôtel.

« Mais enfin François, où étais-tu passé?

- Et à la messe, tiens !

- Mais pourquoi es-tu parti quand nous étions devant la vitrine ?

- Parce que j'ai pensé que lorsque nous irions à la sainte table tu voudrais me donner le bras.

- Qu'est-ce que tu vas chercher ?

- C'est comme ça ! »

Je me demandai pour la première fois s'il était normal ou si j'étais stupide.

J'avais manifesté le désir de passer par Carcassonne, c'était le treize juillet. Le soir au théâtre de la nature une troupe jouait " *Hamlet* ". C'est à cause de cela que nous n'avons pu garder la chambre une nuit de plus puisqu'elle était retenue.

Le matin, nous nous rendîmes à la Cité, faisant quelques pas après la grande porte. Je regardais les anciennes et belles façades quand François m'apostropha : « Qu'est-ce qu'on fera de plus ici ? Pour voir des pierres, ce n'est pas la peine, il y en a de pleines carrières au pays. »

Il fallut repartir, malgré mes protestations.

Je ne connaîtrais donc pas Carcassonne. Nous avons repris le train pour aller à Béziers.

La tante nous reçut très gentiment. Nous l'avons aidée à aligner des centaines de poireaux dans les sillons que son mari avait tracés. J'en eus mal au dos durant deux jours n'étant pas habituée à ce travail de la terre.

C'est à Béziers que je devins sa femme, mais François fut atroce de ricanements, prétendant que je n'étais pas vierge, même quand je lui montrai le linge taché. Lui aurait-il fallu une serviette inondée de sang ? J'étais effondrée et me disais que je venais de donner du lard à un cochon. Tout cela était ignoble. Notre premier rapport fut une immense déception qui me laissa marquée au fer rouge. J'avais épousé un goujat !

Le train nous transporta à Millau chez une autre tante de François. Ma belle-mère nous avait dit que cela nous ferait faire un petit détour, mais sa belle-sœur en serait si heureuse.

Nous avons passé un jour à faire la causette avec cette charmante femme. Avant de repartir, le lendemain matin, elle décrocha du mur une glace rectangulaire au bois argenté, au cordon agrémenté d'un pompon à chaque extrémité.

« Je l'ai eu en prime à La Samaritaine. » nous dit-elle, toute contente, en enveloppant ce miroir dans un grand papier journal. J'appréciais le geste de cette modeste et avenante personne. Le lendemain nous partions pour La Combe, chez ma belle-mère.

Elle nous reçut avec son bon sourire en m'appelant Lisette. Nous avions convenu que nous passerions par La Combe afin que François travaille la petite vigne. Le lendemain, il se leva de bonne heure et partit travailler, son outil sur l'épaule et un sac avec une bouteille de vin coupé d'eau pour boisson.

Ma belle-mère nous avait préparé un casse-croûte que je devais apporter à la vigne pour manger à midi. Elle m'expliqua par où il fallait passer, quels sentiers prendre et leurs repères afin que je ne me perde pas. Il fallait parcourir toute une colline et redescendre vers la vallée exposée au sud, dans une petite combe entourée de taillis. Fallait-il qu'autrefois ils aient vraiment envie de faire un peu de vin en utilisant la moindre parcelle arable en ce pays si pentu et sauvage ! Je n'étais pas trop rassurée sous ces voûtes de verdures inconnues.

« Je vous ai préparé un petit repas d'amoureux. » m'avait-elle dit gentiment.

Chargée de mes deux sacs, comment ferais-je si un sanglier venait à se trouver sur mon chemin ?
De temps en temps, supposant ne pas être trop éloignée du point de chute, j'appelais : « Ohé ! François ! »

Enfin il me répondit et vint vers moi pour m'embrasser. Cela me fit plaisir. Je m'assis par terre et attendis qu'il finisse de déchausser les derniers pieds de vigne de la rangée. Je me reposais du trajet, toute en sueur. Il faisait très chaud en ce mois de juillet. J'admirais la force et l'endurance de mon mari. Qu'il était vaillant ! Je pensais que je finirais bien par m'habituer à lui, je le connaissais si peu. J'arriverais peut-être à le civiliser.

J'installai par terre une serviette et déballai notre dînette. La Maman nous avait gâtés, nous allions nous régaler. Le repas fut gai, coupé de bisous. Nous étions bien, à l'ombre des arbres. Je rangeais les reliefs du repas dans le sac.

François me dit que nous pourrions faire une petite sieste... que je supposais coquine, je le voyais bien. Il m'embrassait et commença à préciser son geste, quand il lorgna soudain un mégot de cigarette qui traînait au sol. Il me dit :

« Attend, on va bien rire, je vais te faire fumer !

- Mais tu sais bien que je ne fume pas, d'ailleurs,

tu n'as pas de cigarette !

- Oh ! Que si, regarde. Et il se saisit de ce mégot dégoûtant.

- Je vais te le mettre là, ce sera rigolo. »

Je me levai d'un bond, baissant ma jupe, furieuse, le traitant de « vieux maboul et de fou ». Il voulut me rattraper, m'obliger à me recoucher. Ce fut une vraie lutte. Je le repoussai du pied, ramassai le sac et me sauvai le laissant entravé, les pantalons aux genoux.

Je me précipitai dans le bois en courant, fuyant ce dément qui me criait de revenir. Je n'avais plus de souffle et je dus m'arrêter pour ne pas tomber asphyxiée. La tête enfouie dans mes bras, je pleurais secouée de sanglots irrépressibles. J'avais sur moi le poids d'une honte qui m'accablait, une honte que je ne pourrais confier à qui que ce soit et qui me rongerait toute la vie. Mais enfin, pour qui me prenait-il ? Même un animal ne serait pas traité de la sorte. Je me sentais à jamais souillée moralement par " *cette bête de somme* ", et c'était mon mari ! Quelle vie m'attendait donc dans cet irrespect ! Qu'allais-je devenir ?

Je me calmais peu à peu. J'essuyais mon visage. Je retrouvais mon chemin, hésitant à rentrer à la maison avec la tête de déterrée que je devais avoir.

En m'apercevant, ma belle-mère me dit :

« Vous rentrez déjà, Lisette ?

- Oui car j'ai un terrible mal de tête. »

J'allais me coucher dans le noir. Ma belle-mère était une femme très intelligente et intuitive. Elle se doutait bien qu'il avait dû se passer quelque chose, car lorsque François revint elle lui dit en patois dans la cuisine, à côté de la chambre où je me trouvais :

« Qu'est-ce qui s'est passé ?

- Pourquoi ? Rien du tout ! »

Des années plus tard elle me confia qu'à mon retour, en voyant ma mine défaite elle avait bien compris qu'il s'était passé quelque chose de grave. Oui, cela avait été très grave, mais je gardais pour moi ce sordide secret.

« Alors, ce voyage de noce, c'était bien ? nous interrogeaient parents et amis.

- Oui… ! »

Je pensais qu'il aurait bien mieux valu rester à la maison.

Le voyage à Lourdes n'avait pas ramené mon mari en odeur de sainteté ni mon cœur débordant d'amour.

Une nouvelle vie

Nous sommes restés à la gendarmerie un mois et demi encore, car il fallait repeindre le minuscule deux pièces que nous avions trouvé chez Pouillès, dans le faubourg Sainte Cécile. Nous avons attendu pour déménager que la camionnette du beau-père de ma sœur soit disponible. Ils étaient très occupés à cette époque, par une importante commande de tonneaux pour la marine.

Maman manquait de tact. Mon mari était du poste de nuit, revenant de son travail à quatorze heures. Il mangeait rapidement et allait se coucher. Il me demandait chaque jour « d'aller le border » bien sûr, puisque je ne rentrais au bazar qu'à quinze heures.

Ma mère me dit un jour « qu'avec deux fois par semaine c'était suffisant, pour la santé ».

Habituée que j'étais à ne pas répliquer je ne répondais rien, mais j'étais très gênée lorsque François m'appelait.

Enfin, nous avons pu déménager avec l'aide de deux gendarmes. Tonton René nous apporta le buffet de la cuisine et la chambre à coucher qu'il nous avait fabriqués puisqu'il était ébéniste.

Notre vie de couple commença alors dans ce petit deux pièces où nous n'avions ni toilettes ni salle de bain. Il faudrait descendre au deuxième sous-sol pour accéder dans le jardin au cabanon des cabinets turcs faits d'un trou dans la terre et une planche en travers. Le chien-loup de Pouillès gardait l'accès du hangar tout près du passage pour y arriver. Il me faisait peur par sa hargne et ses aboiements. On rasait le mur pour ne pas se faire mordre. On déposait les cendres de la cuisinière non loin du trou, pour recouvrir chaque fois les excréments.

La petite cuisine au bout de l'escalier n'était éclairée que par une minuscule fenêtre donnant sur le palier. En passant, les voisins pouvaient nous voir. Je confectionnais un rideau en nylon pour cacher la vue lorsque c'était éclairé.

La chambre était un peu plus grande. Sa fenêtre donnait sur le toit des hangars à grains de Pouillès, facilitant aux souris l'accès dans notre appartement par des planches disjointes. Il fallait bien s'en contenter puisqu'on ne trouvait rien pour se loger. La nuit, j'entendais grignoter les rongeurs malgré les pièges occupés tous les matins. Si les souris avaient pu être des lapins !

Nous laissions nos bicyclettes dans l'entrée,

derrière la porte, en bas.

J'étais assez maladroite en cuisine car avec l'école ou le travail je n'avais guère eu le temps d'apprendre. Auparavant, Maman n'avait pas du tout tenu à me confier les casseroles, prétextant « qu'elle aurait plus vite fait ».

Un jour, je m'étais tout de même obstinée à vouloir apprendre à vider un poulet, chose qui se faisait couramment dans les maisons. Maintenant que j'étais mariée, cela m'était indispensable. Papa dut se gendarmer, si l'on peut dire, pour qu'elle me laisse faire. M'observer était une véritable souffrance pour elle. Les avant-bras relevés, le visage crispé, elle se tenait prête à intervenir.

« Laisse-la donc faire ! » disait mon père qui assistait à ma première leçon de chirurgie.

J'avoue que j'étais un peu dégoûtée en plongeant ma main dans les entrailles de ce poulet, dirigeant bien mes doigts contre la paroi de la bête afin de ne pas crever les tripes. Et je ne les ai pas crevées ! Victoire ! Papa me félicita et dit à Maman : « Eh bien ! Tu vois qu'elle n'est pas maladroite du tout. Il te faut lui faire confiance à cette petite ! »

C'est Papa aussi qui me donna ma première leçon de machine à coudre. On est souvent impétueux au début, on guide mal ses pieds. Papa me dit :
« Doucement ma fille, regarde comment je procède,

un pied après l'autre, comme si tu faisais du vélo. C'est très facile. »

Cette simple comparaison avec un pédalage me suffit et je me servis de la machine à coudre malgré les craintes de ma mère qui avait peur que je la lui casse. Par la suite elle fut bien contente quand je cousais pour elle. Nous avons fait bien des économies non négligeables.

Depuis toujours, sans mon papa, j'aurais eu beaucoup de difficultés. Il avait toujours eu des sentiments maternels pour ma sœur et moi, la patience et l'autorité qui incitaient au respect aussi. Maman était l'ordre, la propreté, le bon sens et l'économie. Mais elle n'avait pas un brin de diplomatie et nous braquait. Nous l'aimions quand même, c'était " *Maman* ". Elle savait être notre complice et nous gâter. Mais ce qui nous gênait encore avec ma sœur, c'est qu'elle ne disait jamais les choses jusqu'au bout et souvent ajoutait : « Surtout ne le dites pas à Papa. »

Je compris bien plus tard, dans ma vie d'adulte, qu'elle avait toujours vécu dans la crainte des autres, de patrons exigeants et profiteurs. Cela lui était resté.

Premières disputes

Deux ou trois mois passèrent à peu près bien. Un soir, en sortant du bazar, je rencontrais un copain de la bande des amis de Gaillac, avec lequel je parlais un bon moment.

Quand j'arrivai à la maison, personne. Peu après vint François, tout excité. Il me demanda où j'étais passée, qu'il s'était fait un sang d'encre. Il était allé à la clinique pour voir si je n'avais pas eu un accident. Que je ne m'amuse plus à rentrer aussi tard !

Il n'en finissait plus avec des sous-entendus qui ne me plaisaient pas. Ce fut notre première dispute. Je lui rétorquai que je n'étais pas une esclave, et que j'avais le droit de bouger.

Le temps passait. J'emménageais notre logis avec des étagères aux rideaux fleuris pour gagner du volume pour les rangements. Avec ce que j'avais placé sur mon livret de Caisse d'Épargne j'achetai une machine à coudre Singer dans son meuble, ce qui me permit de faire des économies. J'en récupérais largement l'acquisition.

Quelquefois, avec la moto, nous allions voir ma belle-mère. Je ne fus pas très contente quand il me répéta qu'elle lui avait demandé si nous ne pensions pas « à commander un *nenet**. » De quoi se mêlait-elle ? Je pensais qu'il valait mieux attendre un peu justement afin de mieux nous établir.

Au mois de mai de l'année suivante, durant un week-end il y eut un voyage organisé en Andorre. Ce serait presque un anniversaire de mariage. Tout se passait bien. Après le pique-nique de midi, nous nous sommes installés dans un bel hôtel.

Après le repas du soir, il y eut des danses folkloriques sur la place du village, puis un bal. François ne dansait pas, moi j'adorais ça. Une dame du groupe me dit : « Je ne sais pas danser, mais je vous prête mon mari qui danse bien. »

Et nous voilà sur la piste. Il dansait bien en effet et nous nous régalions de valser.

Puis ce fut une autre danse. Je revenais chaque fois à côté de François et de la dame qui était heureuse que son mari puisse danser. François dit :

« Bon on va rentrer !

- Oh pas encore ! Le bal ne fait que commencer et il va y avoir d'autres danses du pays, on a le temps ! »

nenet : bébé

Le couple d'amis essaya de le persuader également, mais il avait la mine sombre. L'orchestre reprenait et la dame nous dit de repartir danser. Nous étions en train de commencer une marche, quand François se précipita sur moi, me prit le bras, me tira : « Allez, on rentre ! »

Je résistai, alors il déclara qu'il partait et que lorsque je viendrais pour aller me coucher la porte serait fermée. Il disparut. Le couple me regarda, surpris de le voir si subitement en colère. Et si je ne savais pas où aller dormir, s'il ne m'ouvrait pas la porte ?

La foule était dense, animée, la musique ne s'arrêtait jamais. Une belle fête de village espagnol prévue dans le programme du voyage. Mais pour moi la soirée était gâchée. J'étais contrariée et mes amis le voyaient bien. Soudain, je vis arriver François cramoisi. Il me saisit le bras, me tirant à m'écorcher : « Allez, maintenant ça suffit, on rentre ! »

Pourquoi faire un scandale de toute façon la fête était finie pour moi. Je haussai les épaules, dépitée, en regardant le couple et d'autres personnes du groupe, interloquées par le comportement de mon mari. En partant vers l'hôtel je pensais à ce que les gens devaient dire : « Cette pauvre femme, alors ! » Cela me faisait mal. Pendant que nous fendions difficilement la foule, je secouai mon bras pour qu'il me lâche : de quoi avais-je l'air, d'une coupable ? Ah non alors !

Et l'on rentra au septième étage de cet hôtel désert. Il avait grondé durant tout le chemin qu'il n'était pas près de refaire un voyage « pour voir toutes ces comédies ».

Pour la honte que j'éprouvais à cause de cet homme, mon mari, moi aussi je préférais rester à la maison. On se coucha en se tournant le dos. Au bout d'un certain temps il se rapprocha de moi et voulut soulever ma chemise. Je lui dis qu'après tout le spectacle qu'il venait de me faire subir, il valait mieux qu'il se tienne tranquille, que je n'avais pas du tout le cœur à ça. Il insista, je résistai.

Alors il se leva, ouvrit la fenêtre et enjamba l'appui en fer forge. Il se balança au-dessus du vide, ne se tenant que d'une seule main. Il criait : « Je vais me jeter dans le vide et les gendarmes diront que c'est toi qui m'a précipité en bas. Toute ta vie tu auras cela sur la conscience ».

Il se balançait en hurlant : « Tu ne pourras pas sortir de la chambre parce que j'ai les clefs dans ma poche. Tu devras aller les chercher en bas dans le torrent. Tu n'es qu'une bourrique. »

Il me faisait peur et mon ventre se serrait. Je soupçonnais depuis peu que j'étais enceinte. Je me disais que toute cette colère, tous ces cris devaient faire mal à cet enfant et je pleurais d'avoir épousé un fou. Non, je ne pouvais pas rester avec lui, je devais le quitter et ne pas avoir cet enfant. J'aviserais à mon retour. Je me cachai sous les draps car ce n'étaient pas mes larmes qui le calmeraient, mais le fait de l'ignorer.

Après tout, s'il se jetait en bas, tant mieux, au moins ce serait fini. Mon attitude fut la bonne car il revint dans la chambre et se recoucha.

Le lendemain, la dame me demanda : « Alors ? »

Je lui dis ce qui s'était passé, elle me dit simplement : « Pauvre femme ! »

Ce que j'ai pu entendre cette phrase tout au long de ma vie !

Au retour, j'allai chez la sage-femme, Madame Bouza et lui racontai un peu la mésentente qui s'était bien installée, la priant de bien vouloir faire " *quelque chose* " pour me libérer de cet homme qui sortait du fin fond de la brousse. Mes larmes n'y firent rien, elle n'avait pas le droit et ne voulait pas aller en prison. Elle essaya de me réconforter en me certifiant qu'avec l'enfant il changerait.

Mais il ne s'améliorait pas. Un jour, à table, éclata une dispute qui enflait de plus en plus. Alors que je me régalais, j'abandonnai mon assiette pleine. Je partis à la gendarmerie chez mes parents pour leur avouer que j'en avais assez. Ils me consolèrent, m'assurant « que tout cela passerait, qu'il fallait prendre patience ».

Je revins à la maison. François me dit qu'il avait essayé d'ouvrir le gaz pour s'asphyxier puis qu'il avait essayé de se nouer un mouchoir autour du cou pour s'étouffer. Il pleurait. Je partis travailler. Je pensais : « Comédies, larmes de crocodile ! »

Quand je revins le soir, je trouvais le seau hygiénique plein sur la chaise de la cuisine. Je n'étais pas allée le vider le matin, prise par l'heure. Ce jour-là, ce fut la manière de François de se venger ou de s'affirmer.

A quelques temps de là eut lieu une autre dispute. Je dus me précipiter hors de la chambre pour éviter un coup. Il me saisit par la robe qui se déchira dans ma fuite. Le pêne de la porte me blessa la première phalange du majeur droit. Je me soignai comme je le pus. A quoi bon aller se plaindre, cela ne guérirait pas mon doigt.

Idées assassines

Mon mari était au jardin. C'était mon jour de repos, le seul de la semaine. J'en profitais pour décaper et astiquer à fond le sol du séjour. Ah ! Ce que j'étais contente. Fatiguée, très fatiguée même, mais vraiment contente de mon travail. Les meubles se reflétaient sur le sol ciré comme dans un miroir.

A midi, François revint.

Je me précipitais pour lui donner ses pantoufles.

« Bonjour Minou. J'ai bien travaillé tu sais. Laisse tes sabots dehors. Avec cette pluie ! Regarde comme tout brille !

- Ah ! Oui ? Pour voir ?

- Non, non, quitte tes sabots pleins de terre glaise !

- Voyons si ça brille tant que ça ? »

Un, deux, un, deux, tchic, tchic, tchic, tchic !

Il tapa des pieds avec ses sabots ; l'eau giclait, des brins de pailles imbibées de terre grasse et jaune laissaient une énorme plaque de boue à chaque pas.

Tchac, tchac, tchac, il faisait le tour de la table en ricanant. Ces flaques m'épouvantaient.

La rage brisait mes forces et je tombais à genoux sur le chiffon avec lequel je faisais briller tout à l'heure, avec tant d'ardeur joyeuse. L'estomac me serra et je criai : « Non, non ! »

Je me sentis subitement pleine de haine impuissante, de cette haine atroce qui fait tuer. Pourquoi n'avais-je pas un couteau à portée de la main pour le lui planter dans le ventre ? !

Oh ! Que j'aurais voulu le tuer ! Les sanglots m'étouffaient et m'étranglaient. Si je pouvais le tuer ! Pourquoi tant de méchanceté, mais pourquoi !... Pourquoi toutes ces tortures morales qui lui procuraient tant de plaisir. Le dire ? On se moquerait de moi.

Et ma vie repartit vers une malheureuse escalade.

Henri, notre premier enfant

J'ai travaillé tout le temps de ma grossesse. Tous les employés du magasin avaient dépensé beaucoup d'énergie pour la réfection du " *Grand Bazar* ". Le magasin " *Les Nouvelles Galeries* " était flambant neuf. Un après-midi, en faisant ses courses, Maman vint me voir au rayon où je travaillais. Elle me trouva appuyée au coin de la gondole, faisant un peu la grimace à cause d'une douleur au ventre.

« Je crois que tu n'iras pas loin, ma fille. En sortant, je pense que tu ferais bien d'aller voir la sage-femme. »

Comme c'était la fin de ma journée de travail, elle m'y accompagna.

« Ce n'est pas pour tout de suite, mais il vaudrait mieux que vous arrêtiez le travail. A la moindre alerte, vous m'appelez. »

C'était le vingt-trois décembre, il faisait très froid. Il avait été entendu que j'accoucherais à la gendarmerie, puisque chez nous il n'y avait pas de cheminée dans la chambre. Mes parents avaient installé mon lit de jeune fille dans la salle à manger où nous pouvions faire du feu dans la cheminée Louis XV.

Papa avait demandé une prolongation avant son départ à la retraite, afin que je puisse accoucher chez eux, au chaud.

Le soir même, je restai à la gendarmerie et François vint m'y rejoindre. Vers deux heures du matin commencèrent les contractions. François alla chercher la sage-femme qui décréta que « j'avais le temps » et repartit en disant qu'elle reviendrait vers cinq heures du matin. Elle me fit coucher me menaçant, en riant, de ne pas lui faire " *louper* " son réveillon.

Le " *travail* " commença et à sept heures, notre cadeau de Noël vint au monde avec ses trois kilos huit cents, tout rose et potelé.

« C'est un fils, annonça Madame Bouza en le présentant à François ravi. Allez, je pourrai faire mon réveillon tranquille. Comment s'appelle-t-il ce petit, me demanda-t-elle.

- Henri, c'est Henri. »

Papa et Maman étaient heureux d'accueillir cet enfant, « *l'ainat* *» comme disait Papa. Tout était pour le mieux dans le meilleur des mondes. On envoya une dépêche à Mémé Germaine .

Après que je l'eus tenu un moment contre moi, j'aurais voulu le garder, mon bébé, il fut déposé dans son petit moïse vaporeux recouvert d'organdi et de plumetis blanc. Au fond de la capote relevée comme

 l'ainat : l'aîné

une collerette, on ne voyait que son petit nez rose. Les voisines furent étonnées de cette naissance silencieuse. S'attendaient-elles à des cris ou des hurlements de douleur ? J'avais décidé de ne pas être un spectacle, mais seulement une maman courage. La sage-femme préférait cela aux femmes qui criaient au secours, comme si quelqu'un allait faire leur enfant à leur place. Elle nous raconta qu'un jour elle avait dû dire à l'une de ses parturientes:

« Criez ce que vous voudrez, mais surtout pas " *Au secours* ". Si non on va voir arriver les pompiers qui ne pourront rien pour vous !»

Le soir, Papa était de permanence au poste. Maman et François allèrent à la messe de minuit, me recommandant de ne pas me lever, même si le petit pleurait. Tu penses ! Peu après leur départ, mon petit était tout contre moi, sous les couvertures, retrouvant la douce chaleur et le tic-tac heureux et familier du cœur de sa maman. Je trouvais cruel d'arracher d'un coup un enfant au contact de sa mère. Un peu avant qu'ils ne reviennent de la messe, je remis mon bébé dans l'autre nid.

« Oh ! Oui, Riri a été très sage ! » Il garda toujours ce surnom, et personne ne l'appela plus autrement.

Je voulais l'allaiter, mais là aussi il fallut passer par les conseils éclairés des autres :

« Dix minutes au sein, pas plus ! »

On me le reprenait quand la montée de lait

se faisait, mon petit mourait de faim et pleurait. On eut vite fait de me conseiller le lait en poudre Guigoz, si en vogue à l'époque : mode de profit des fabricants.
Alors avec la plus grande douleur je vis s'enfoncer dans le ventre de mon petit la longue aiguille qui instillait un médicament fortifiant.

Je souffris beaucoup pour faire partir mon lait et me jurais que si j'avais un autre enfant, je n'écouterais personne et laisserais téter mon bébé tout son saoul, ce que je devais faire bien plus tard.

Marchand de cacahuètes

Nous avons regagné notre petit logement quelque temps après, essayant de chauffer au maximum pour que la chaleur aille le plus possible dans la chambre.

François commença à me dire qu'il voudrait faire quelque chose pour gagner plus d'argent puisque je devais rester à la maison pour m'occuper de Riri. Je voulais le persuader que nous nous en sortirions comme les autres en faisant attention, mais il me disait : « La tête me bout, je veux faire quelque chose. »

Et un beau jour il me présenta un papier, une licence pour qu'il ait l'autorisation d'être " *marchand ambulant avec balle* ".

« Qu'est-ce que c'est que cela ?, lui dis-je.

- Ça veut dire que je transporterai un gros paquet de marchandise. Demain je descends à Albi chez un grainetier pour aller acheter des cacahuètes.

- Qu'est-ce encore que cette histoire ? »

J'eus beau l'en dissuader, rien n'y fit. Le lendemain il arriva d'Albi, portant en travers de sa moto un sac de cinquante kilos de cacahuètes et accroché par-dessus un grand panier à anse. Notre logement était exigu : où mettre tout cela ! Sur le pan de mur où était notre lit, il y avait la table de nuit, le lit, et le berceau du petit ; en le serrant contre le lit, il restait assez de place pour la sache de cacahuètes. Cela m'inquiétait pour l'hygiène. Le panier fut placé sur l'armoire. Je fis remarquer à François que bientôt nous ressemblerions à des romanichels.

Le lendemain qui était un samedi, il partit chez le boulanger Marty où nous prenions le pain. Celui-ci lui prêta ses tôles et son four, après la cuisson du pain. François revint très fier avec son panier d'arachides grillées. Il avait acheté des sachets en cellophane qu'il remplit, entortillant les extrémités, comme il l'avait vu chez un marchand ambulant qui évoluait sur le terrain de rugby. C'est le travail dominical de cet homme qui lui avait donné l'envie de faire pareil.

Cette idée n'était pas sotte du tout, il n'y a pas de sot métier. J'avoue que c'est surtout mon orgueil qui était mis à rude épreuve. Je trouvais cela très dur à porter, car j'écoutais encore à cette époque les "*qu'en dira-t-on* ?". C'était un raisonnement stupide car chacun est libre et doit faire fi de ce que peuvent bien penser les gens. Quand j'annonçais le nouveau travail de mon mari à mes parents, Maman me dit, consternée : « Sans blague ! »

Le lendemain dimanche, François partit, faisant concurrence à S., l'autre marchand ambulant qui le regarda de travers en lui disant :

« Alors, on vient me " *faire la pige* " ? Et François lui rétorqua :

- Le soleil est levé pour tout le monde, non ? »

Quand il revint à la maison, il était content, il avait tout vendu, étant presque rentré dans ses frais. Mais désormais à la mine, on ne l'appela plus que " *Cacahuète* " et moi je devenais en même temps, " *la femme de Cacahuète* ". Il fallut bien s'y faire !

Un profit en entraîne un autre. Pour avoir une remise plus importante sur l'achat des cacahuètes, il en acheta une plus grande quantité d'un coup, ce qui m'angoissa fort pour le stockage. Quatre ou cinq sacs étaient entassés contre le mur.

Le pire, ce furent les souris trop heureuses de découvrir une autre gourmandise. La nuit, nous les entendions grignoter dans les sacs. Je poussais François du coude et nous nous levions doucement, essayant de repérer l'endroit où devait se trouver la petite bête susceptible d'amener des maladies.

Cela ne pouvait plus durer et nous cherchâmes un autre logement.

Au nouveau logement de Puech-Raynal

Nous étions heureux d'avoir enfin trouvé un nouveau logement. Un peu cher peut-être, mais c'était nécessaire.

C'était à la fin du mois d'Octobre. Nous avions visité ce logement par une très belle journée ensoleillée, n'imaginant jamais que nous avions loué une vraie glacière, très difficile à chauffer. La cuisine, assez exiguë, construite en bloc de ciment sur le côté du bâtiment, était chauffée avec la cuisinière, mais toute la chaleur était perdue par le plafond en terrasse et en béton.

Il y avait une salle à manger, très grande, trop, et une chambre de la même surface ; dans chacune de ces pièces une cheminée Louis XV, mais aucune n'avait un bon tirage. Nous étions obligés de nous habiller beaucoup, et dans la journée je me cantonais dans la cuisine avec le petit Riri sur sa chaise haute.

Un jour, j'eus très peur. Il restait des ampoules de médicaments dans une boîte ; je les mis dans la cuisinière pour les détruire. J'allais chercher quelque chose à la salle à manger quand j'entendis une explosion. Je me précipitai : les ronds de la cuisinière avaient sauté sur le côté et le petit était couvert de suie et de cendres. Il disait : « té, té, té ! ». Mais heureusement qu'il n'avait pas été brûlé. Bonne leçon pour l'avenir.

Notre gamin commençait à se tenir tout seul pour marcher, faisant le tour de la table en s'y cramponnant, son nez et ses yeux dépassant à peine. Il riait de son exploit.

A la chambre nous l'avions mis dans un petit lit à côté du nôtre, et le matin il l'escaladait, s'accrochait à nos draps, tapait de ses menottes : « té, té, té » jusqu'à ce que je le prenne entre nous deux. Il riait, tout heureux et nous aussi.

Les cacahuètes étaient toujours là, isolées derrière un rideau, mais sans les souris.
J'étais très seule dans ce quartier où je ne connaissais personne. J'étais glacée de solitude et de froid. C'est François qui allait faire les commissions.

Mes parents étaient venus nous voir et Maman avait apporté à Riri un très joli petit marin en plastique qui se tenait debout. Nous le mîmes sur la tablette de la chaise haute, devant le petit : il le dévisagea longuement et lui fit soudain des discours

« Bélico, Bélico, Bélico. » Nous avons bien ri ! Et le petit marin garda son nom de Bélico.

Puis l'enfant commença à ne pas aller trop bien.

Pour Noël, nous restâmes à la maison. François recommençait à être de plus en plus désagréable.

Le petit Henri eut la diarrhée. Le vieux docteur G. fut appelé et lui administra de " *l'Aniodol interne* ". Il fallait s'en tenir à ça.

La mi-janvier approchait et le petit se mit soudain à se vider de plus en plus d'une espèce d'eau jaunâtre. François affolé partit à la Poste pour téléphoner aux voisins de mes parents. Il leur demandait de transmettre à Mémé Justine de venir vite pour soigner le petit. Il alla ensuite chercher notre médecin. Je n'avais plus de langes pour changer mon bébé et je prenais mes linges hygiéniques, des serviettes de toilette, des torchons, tout ce qui me tombait sous la main. Le pauvre enfant respirait difficilement en haletant ; j'essayais de le faire boire, il ne réagissait plus. Je l'avais posé sur la table de séjour sur une taie d'oreiller, l'entourant de mes bras, lui parlant. Le docteur n'arrivait toujours pas.

Mon petit avait les yeux grands ouverts, et je réalisais brusquement qu'il ne respirait plus.

« Riri !... Mon bébé... non... ! »

Je ne savais plus que faire.

C'est alors qu'arriva le vieux docteur G., trop tard, pour constater le décès. Mon mari irait chercher le certificat chez lui. Il partit en laissant retomber ses bras d'un geste impuissant. Ce furent là ses condoléances. Il s'éclipsa, me laissant seule et désemparée.

Je calai mon tout petit avec des couvertures et sortis de la maison, devant le portail. Je ne connaissais personne. Une dame sortait de chez elle à bicyclette.

Je n'avais pas la force de l'appeler, levant simplement le bras. Je devais avoir la mine décomposée, car elle s'arrêta à ma hauteur, me demandant si ça n'allait pas.

« Mon petit vient de mourir !

- Pauvre femme ! Je dois partir travailler, mais je vais vous chercher la voisine. Rentrez vite. J'irai vous voir dès que je reviendrai du travail, je vous le promets. »

La voisine arriva peu après.

J'avais quelques fois entrevu cette femme de l'autre côté de la clôture, grande, un peu masculine, froide. Elle me saluait avec une grosse voix. Elle avait la cinquantaine et m'intimidait.

« Alors, ma pauvre petite, qu'est-ce qui vous arrive ? , me dit-elle.

- Je ne sais pas quoi faire !

- Alors écoutez-moi bien ! Cherchez de quoi habiller cet enfant... bon... ! Maintenant, il faut procéder à sa toilette, c'est ce qu'on fait dans ces circonstances. Si vous n'en avez pas le courage, je m'en chargerai. Mais dites-vous que c'est la dernière fois que vous ferez cela pour lui et je ne veux pas m'imposer à prendre votre place. Ensuite vous risqueriez d'avoir des regrets. Mais je vous aiderai. »

Je regardai soudain cette femme avec d'autres yeux. Je m'étais trompée sur elle. Elle paraissait rude au premier abord, mais c'était une brave femme, logique et intelligente, qui ne se substituait pas à moi.

Je suivis ses instructions à la lettre et ne l'ai jamais regretté. Jusqu'au bout de ma vie je lui en serai reconnaissante.

Je faisais donc la toilette des morts à mon petit enfant. Je m'y appliquais de toute mon âme et cette brave femme me soutenait. Je me rendis compte que depuis deux jours je n'avais pas lavé de vêtements du petit, trop occupée à le soigner sans cesse. Il ne me restait plus qu'une paire de chaussettes tricotées par Maman, avec cette particularité qu'étant bleu ciel, l'une d'elle avait la pointe d'un pied en laine blanche. Cela intriguait Riri qui la touchait en riant et en nous regardant. Cet enfant aurait été très intelligent, il voyait tout. « Il ne me restait plus de laine bleue » avait dit Maman. Tant mieux, puisque cela avait amusé le bébé. Pourquoi cette image remontait-elle à la surface en de pareilles circonstances ? Peut-être après tout est-ce un soutien qui nous est donné ? Mais je n'avais plus que ces chaussettes !

« Cela n'a aucune importance, ma petite, me dit ma voisine en voyant mon hésitation, personne ne le verra. »

Elle avait raison.

J'essayai de fermer les yeux de mon petit en maintenant mes doigts sur ses paupières, sans succès. Aujourd'hui je saurais bien ce qu'il faut faire !

Je refis le petit lit avec les draps que j'avais brodés en y mettant toute mon application de maman. Je soulevai Henri, tout léger, et le déposai sur ce lit tout blanc.

François arrivait, tout bouleversé, en larmes, à la

vue de son enfant, " *l'aîné* ", qui venait de nous être enlevé.

Notre voisine se retira discrètement.

« Si vous avez besoin de quelque chose, n'hésitez pas... »

A onze heures, ce fut la dame du portail qui revint. Elle me serra dans ses bras en pleurant et se mit aussitôt au travail sans rien dire, faisant la vaisselle qui était restée sur l'évier, remettant tout en ordre. Elle allait, active, voyant tout ce qu'il y avait à faire. Une femme dévouée qui avait l'habitude de servir chez les autres, simple et amicale. Nous ne nous sommes plus jamais quittées. Elle est restée l'amie la plus chère de toute une vie. Seuls son départ du pays et la mort nous ont séparées. Je crois de toutes mes forces à cette main tendue sur notre chemin, aux moments les plus dramatiques de notre vie. Hélas, je dus en faire la triste expérience à plusieurs reprises, dans le parcours de mon existence. A toutes ces mains tendues avec abnégation et amitié je dis « Merci ! ».

Mes parents arrivèrent aussitôt qu'ils le purent, avec Mémé Justine qui n'eut pas à imposer ses mains sur le petit, sauf pour prier sur lui avec la prière des morts. Une de ses paroles me fit mal : « C'est moi qui aurais dû partir à sa place, c'était plus logique. »

Quand elle vit que le petit n'avait pas fermé les yeux, elle ajouta le plus naturellement du monde : « Il en appelle un autre. »

Vieux dictons des campagnes mais qui jettent toujours un froid et qui reste sur le cœur. Depuis, je me dis que bien souvent on ferait mieux de se taire. Pauvre Mémé Justine qui me fit très mal par ses paroles, imbue de ses traditions !

Il faisait froid, tout était froid, ce treize janvier où mon bébé aurait eu treize mois.

Mémé Germaine, ma belle-mère, monta de Béziers pour l'enterrement.

« J'étais très attachée à ce petit, nous dit-elle, même si je ne l'avais vu que pour son baptême. »

Et je la croyais, cette femme simple et bonne, habituée à la campagne, ne se déplaçant que très rarement. Nous ne l'avions vue que cet été, pour le mariage de son fils René, avec Marie-Jeanne. Mes parents avaient gardé le petit Henri qui n'avait cessé de pleurer tout le temps de notre absence d'un jour et demi.

« C'est quelque chose, tout de même ! », avait dit Papa en voyant le grand sourire radieux de notre enfant. Lorsqu'il nous aperçut et ne pleura plus.

Toute la famille fut présente.

J'ai remarqué ma vie durant, que dans tous les enterrements il y a un événement cocasse.

Les cousins de La Pélissarié avaient été avertis aussi. André descendit avec sa mère, la sœur de Papa.

Je l'accueillis en haut des escaliers de la terrasse, devant la cuisine. Ma tante ouvrit de grands yeux étonnés, disant en me tenant la main : « *Mas aquò's Elise..., mas aquò's Elise... !* *»

Ils nous expliquèrent qu'ils avaient mal compris

Mas aquò's Elise ! : mais c'est Elise !

la nouvelle, et qu'ils étaient venus pour mon enterrement, non pour celui de notre enfant. Leur désarroi était gauche et touchant. Je les aimais bien depuis les vacances de mon adolescence chez eux.

Les enterrements se faisaient encore à pied, le cortège était long, nous étions connus. Il est si triste de voir un petit cercueil de bébé.

La neige commençait à tomber. Je ne pus dormir de la nuit, frissonnante, en pensant à mon petit garçon qui devait avoir si froid sous la terre, même avec ses petites chaussettes bleues à bout blanc.

J'avais demandé à ma famille si nous pourrions mettre le petit dans le caveau de Laval, avec ma mémé Louise. Tout le monde dit non, il n'y restait que trois places pour eux. Un petit de treize mois tient si peu de place ! J'en fus très chagrinée et ne dis rien. Puisque mon enfant allait en terre, j'irai aussi plus tard. Quel abandon, mon Dieu !

Maman voulut que je descende à Lascamps. Elle en emporta le linge souillé du petit. Je tenais absolument à le laver moi-même, il me semblait que ce serait encore faire quelque chose pour lui.

« On le lavera demain me dit Maman.

- JE ...le laverai ! », ai-je insisté.

Quand je me levai le lendemain matin, la lessive était déjà en train. J'entrai dans une grande colère, reprochant à ma mère de toujours vouloir prendre ma place. Je ne pouvais plus rien pour mon petit. Je lui en voulais tellement ! Je repensais au repassage du jupon de ma robe de mariée. Ma mère était une indécrottable autoritaire. Papa voulut adoucir la chose en disant que Maman avait voulu me ménager dans ma peine.

« Allez, rideau, comme chaque fois ! » Malgré les années qui ont passé, cela me fait encore très mal.

Il ne faut jamais prendre la place des autres, même si on est animé par un bon sentiment. Respecter chacun!

Je ne pouvais m'empêcher d'aller au cimetière tous les jours, mes bras étaient si vides sans mon petit. François essayait de m'en dissuader. Il m'accompagna un dimanche qu'il neigeait très fort : «Tu vas te casser une jambe ! », me dit-il.

Quand nous sommes entrés dans le cimetière, la neige était vierge de toute trace de pas. Elle arrivait au-dessus des mollets. Dans le carré réservé aux enfants, nous ne retrouvions plus l'emplacement de la tombe de notre petit. Un blanc impalpable recouvrait tout. J'étais terriblement angoissée d'avoir encore perdu mon petit. Il était bien là pourtant, mais où ?

« Alors, me dit François dans sa logique, qu'est-ce que tu viens chercher ici, tu vois bien que ça ne sert à rien qu'à te faire du mal ? Allez, va, rentrons ! Une visite le dimanche sera suffisante. Avec toute cette neige, tu vas te rendre malade. »

Je repartis avec désespoir, accrochée à son bras. Je savais bien qu'il avait raison. Je ne fis désormais plus mes visites au cimetière que le dimanche pendant que

François vendait ses cacahuètes.

Depuis que nous avions perdu notre fils, François s'était soudain radouci, il était même gentil avec moi. Je l'attribuais à notre peine commune. Peut-être allait-il changer ?

Papa et Maman venaient nous voir le dimanche ou bien nous allions à Lascamps.

Un jour, Maman me dit : « Tu sais, si tu veux quitter ton mari, c'est le moment tant que tu n'as pas d'autre enfant. »

Elle avait du bon sens, mais je lui dis que François avait de la peine aussi et qu'il était redevenu gentil depuis que le petit n'était plus là.

« Attends qu'il t'en fasse un autre, et ça recommencera, tu verras ! Tu ne veux pas m'écouter… »

Je la trouvai quand même dure ! Je restais avec François.

Un mois et demi après, c'était le carnaval d'Albi. Maman voulut que nous allions manger à Lascamps, chez eux. Je n'en avais pas du tout envie.

« François vendrait des cacahuètes ! », dit-elle.

Comme il avait fait faire une remorque, il pourrait en prendre un bon chargement. Allez, tous les arguments étaient bons. Je me laissai faire. Nous avons ensaché des petits paquets en famille. Papa se régalait à manger à pleines poignées les graines qui se perdaient. Cela faisait rire François.

Après déjeuner, il me fallut suivre tout le monde au carnaval, « pour me distraire ». Ne se rendaient-ils pas compte à quel point j'avais le cœur gros ?

« Allez, viens ! »

Je me gourmandai : « Femme sans volonté ! » Je ne voulais pas les fâcher, ni les empêcher de voir le défilé du carnaval qui fut pour moi un vrai supplice. Je trouvais tellement stupides ces gens qui applaudissaient au passage des chars, à cette mascarade de visages grimaçants en carton-pâte qui semblaient me ricaner au nez. Je me détournai d'eux et de mes parents afin qu'ils ne voient pas les larmes qui m'étouffaient en regardant d'autres petits enfants. Ce fut un vrai martyre pour moi, alors que tous disaient « *que c'était vraiment bien* ». Je jurai de ne jamais plus aller voir quelque chose d'aussi ridicule.

Nous sommes revenus à la maison, à Puech-Raynal, où le vide me parut encore plus grand. Je crois que lorsqu'il arrive un deuil dans une maison, il ne faut pas quitter les lieux, mais s'habituer sur place, tout doucement. On ne doit pas se laisser influencer par ceux qui se sentent indispensables dans un bon mouvement bien sûr, mais qui sont souvent à côté de la réalité. C'est notre propre vie intérieure qui nous guide le mieux.

La vie a repris, tout doucement. François me prenait contre son épaule affectueusement.

Je l'aidais à ensacher des cacahuètes et lui suggérais qu'il pourrait très bien avoir dans son panier quelques paquets de bonbons ou de chewing-gum, des sucettes pour les plus petits. Nous sommes descendus à Albi chez un grossiste en confiserie. Tout a bien marché.

Il ne criait plus seulement « *cacahuètes* », mais il ajoutait « *bonbons et chewing-gums* ». Ces sucreries se vendaient bien, au point que le grossiste lui dit un jour qu'il était son plus gros vendeur de chewing-gum. François était content. Nous avons acheté un cosy en plaqué d'acajou, comme c'était la mode et une armoire penderie. Le marchand de meubles Fabrègues nous fit une table à trois rallonges, assortie au buffet que nous avait fait Tonton René. Mais je languissais dans ce logement.

Je demandai à mes parents s'ils accepteraient de me donner ma chatte Fifi, ma compagne d'adolescence. Bien sûr ! En ma compagnie, elle s'habitua très vite à ce nouveau logis. J'étais si contente de l'avoir ! Puis François eut les oreillons. Je le soignais de mon mieux mais je n'ai jamais vu un malade aussi original. Il ne voulait à aucun prix que j'aille de temps en temps le voir à la chambre.

« Je veux qu'on me foute la paix, je veux rester tranquille. »

Il m'empêchait d'avoir cette sollicitude qu'on a toujours eue chez nous envers les malades. Cela me coûtait. J'avais acheté le journal pour le distraire et remarquai une toute petite photo de chien-loup qui me plut. Puisque je devais rester à attendre, je pris du papier à dessin et reproduisis, à main levée, agrandie, la tête du chien. Le soir j'offris le croquis à mon mari :

« Tiens, j'ai fait un dessin pour toi.

- C’est toi qui l’as fait ?

- Oui, pour toi, puisque tu ne veux pas que je te tienne compagnie dans la chambre.

- Eh bien, ça alors ! Ce n’est pas vrai !

- Si, et pour te le prouver, je vais en faire un autre. »

Le lendemain je reproduisai le clocher de Saint Amans-Soult, puis une maison. Ce furent-là mes nouvelles approches de dessin au fusain que j’aimais tant faire à l’école.

Les oreillons de François me tracassaient car j’avais entendu dire que cette maladie pouvait rendre les hommes stériles.

Je fis plus ample connaissance avec Madame Fau qui m’avait assistée si généreusement. Son mari était assez original, mais un brave homme. Pourtant un jour il l’humilia devant moi. Il lui reprochait de ne pas encore être peignée à midi. Elle avait été très occupée toute la matinée. Elle avait arrosé le jardin, fait son ménage et préparé le repas. A nouveau seules, nous discutâmes de nos problèmes et de la manière de nous améliorer toutes les deux.

« Le malheur, c’est que je sais ce qu’il faut faire, mais je l’oublie, je n’y pense plus, me dit-elle.

- Y a-t-il un geste que vous fassiez régulièrement tous les jours ?

- Le soir je ferme la bouteille du gaz et je l’ouvre le matin, c’est la première chose que je fais.

- Voilà, très bien ! Le soir en fermant la bouteille, vous vous brossez les dents, le matin aussi, avec en plus un coup de peigne. C'est vite fait et ce n'est qu'une nouvelle habitude à prendre. Le samedi matin ou quand vous serez libre, je vous ferai la mise en plis, et votre mari aura un autre regard sur vous, vous verrez ! »

Nous avions la simplicité de dire les choses et de nous écouter comme deux sœurs. Je comprenais bien que, sortie des fin fonds de sa campagne, on ne lui avait jamais appris les petites choses qui sont spontanées en ville. Elle n'était pas sotte du tout mais vaillante et de bonne volonté. La transformation s'accomplit et son mari s'en réjouit.

Je l'engageais à essayer de faire sa mise en plis toute seule, au cas où un jour je ne serais pas disponible. Elle appréhendait mais y arriva parfaitement après plusieurs essais maladroits. A quelques temps de là, je la persuadais de me la faire. Ce furent de hauts cris mais elle y parvint, au point qu'ensuite nous nous la faisions mutuellement. C'était une grande victoire. Elle avait enfin pris confiance en elle. En cuisine où j'étais très maladroite, elle m'apprit à composer des merveilles de petits plats avec des choses toutes simples. Elle pratiquait la même économie que nos mères respectives avec du bon sens en toutes choses. Elle faisait des ménages certains après-midi. Je pensais que je pourrais bien me remettre au travail moi aussi pour me changer les idées.

J'allai trouver Monsieur Pierre aux Nouvelles Galeries. Je lui expliquai ma situation qu'il comprit très bien. Il me réembaucha la semaine suivante. Pour faire le trajet je remontai sur mon vieux " *vélo de curé* ", acheté d'occasion par mes parents lors de ma réussite au Certificat d'Études. J'étais heureuse de retrouver une activité avec mes anciennes collègues. Je réorganisais ma vie.

J'avais envie d'avoir un autre enfant, mais rien ne s'amorçait dans ce sens. Que se passait-il ? Je m'en ouvris à tante Hélène, la femme de mon oncle René, alors que nous avions passé quelques jours de congés à Laval. Elle me prit à Villefranche-de-Rouergue où elle allait en visite chez son gynécologue très réputé sur la région. Après m'avoir visitée, il me dit ce que je devais faire pour avoir un autre enfant.

Quelques mois passèrent. Nous ne voulions plus rester dans ce logement trop froid l'hiver et trop excentré de Carmaux. Je me rendis rue Chanzy où l'on nous avait enseigné un appartement. C'est une septuagénaire toute proprette et bien éduquée qui me reçut. Elle me questionna et me fit visiter au fond du couloir, dans une cour, deux pièces au rez-de-chaussée et deux chambres au premier. Il fallait repasser par le couloir commun pour monter puis ressortir sur un petit balcon pour accéder aux chambres. Malgré tout c'était mieux qu'à Puech-Raynal. Madame Puech ajouta toutefois qu'elle ne tenait pas à avoir des locataires avec des enfants. Je lui répondis que le médecin m'avait dit une première fois que je risquais de ne plus en avoir en raison de ma rétroversion de matrice, ce qui parut la réjouir. Avec son mari, ils avaient perdu un fils de vingt ans, mort d'une tumeur à la tête.

« Depuis, je n'ai plus eu un seul fil blanc sur moi. J'en porte toujours le deuil. »

Plus tard, elle me dit qu'au cimetière on ne pouvait pas se tromper pour trouver leur caveau : « C'est le plus beau ! »

L'accès aux chambres me dérangeait un peu, mais c'était tellement mieux qu'au logement que nous occupions !

Je retins cet appartement.

Rue Chanzy

Nous avons déménagé dans ce nouveau logement, avec Fifi. Les propriétaires avaient aussi un chat qu'ils appelaient Patou et qui accepta bien l'arrivée de Fifi. En partant, je regrettais surtout madame Fau. Elle me promit de passer me voir le plus souvent possible quand elle reviendrait de ses ménages à l'école Sainte-Cécile où elle avait pu se faire embaucher. Parfois, les jours où ce serait possible, je prendrais ma bicyclette et monterais la voir.

L'eau n'était pas sur l'évier, mais à un robinet dans la cour, juste en face la porte. Nous puisions l'eau avec une louche, dans un seau sur l'évier, comme à la maison natale de Maman, à Notre Dame de Laval. Cela ne me gênait pas.

Les cabinets étaient au fond du jardin dans un cabanon fait de toiles tendues sur quatre piquets et un rideau devant.

" *Pour les aises* ", on s'installait sur une planche posée en travers d'un trou creusé à même le sol. Après le soulagement, par politesse pour le suivant et pour sa propre pudeur, on éparpillait un peu de cendre réservée à cet effet dans une vieille bassine, cendre tamisée par les soins du propriétaire lorsqu'il nettoyait sa cuisinière. Pour éviter une intrusion désagréable en la posture quotidienne, lorsque l'on entendait quelqu'un s'approcher, d'un peu loin, on faisait du bruit en toussant, par exemple. L'autre attendait ou s'éclipsait plus loin pour ne pas gêner. C'était encore ainsi à l'époque.

La vie se charge-t-elle de contrer le bien-pensant, ou de donner à ceux qui perdent espoir en leurs désirs ? Un mois après notre arrivée rue Chanzy je n'avais pas mes règles. A cette époque-là, les femmes, surtout les personnes âgées qui n'avaient pas grand-chose pour se distraire surveillaient les étendoirs les jours de lessive. Elles observaient le linge qui séchait au soleil chez les autres, se rendant compte en ce qui concernait les jeunes femmes, si le petit linge mensuel était bien étendu. Elles commentaient ensuite entre elles tout en tricotant, cousant ou bavardant : « Tiens, une telle *" n'a rien vu "* ce mois-ci, elle a dû *" aller à la foire "* » !

Alors ce mois-là, je voulus tromper l'ennemi en étendant un linge factice. Le mois après, pour ne pas avoir l'air d'une dissimulatrice et parce que la chose serait évidente de toute façon, je fis confidence de mes doutes à Madame Puech, craignant de lire une contrariété sur son visage. Non, rien. D'ailleurs, qu'y pouvions-nous changer l'une ou l'autre ?

Il se produisit un phénomène immédiat. François continuait son petit commerce, mais son comportement changea à nouveau et les disputes resurgirent. Mais pourquoi donc, bon sang ?

« Parce qu'à présent il te tient, me dit ma mère. Tu n'as pas voulu me croire quand je te le disais. Je connais la vie, tu sais, ma fille, j'en ai trop vu autour de moi. »

Lorsque l'événement fut déclaré, j'arrêtai mon travail afin de ne pas perturber ma grossesse. Je voulais mettre tout mon cœur à cette nouvelle attente. Le parc du Cérou n'était pas loin et l'après-midi j'allais m'asseoir sur un banc pour préparer la layette. C'était le jaune poussin qui primait, puisque la princesse de Monaco, Grâce Kelly, avait lancé cette nouvelle mode. Ce ton pastel était d'ailleurs très joli.

Je devenais énorme et j'avais cette expression : « Quand je tourne à l'angle d'un mur on voit surgir mon ventre en premier, puis j'arrive !

Quelquefois je me demandais comment je pourrais arriver à mettre cet enfant au monde. Lorsque j'attendais Riri, j'avais trouvé dans la rue Eliette qui était à côté de moi en seconde et en première. Elle avait perdu son premier enfant à la naissance, puis en avait eu un autre aussitôt après. Elle avait voulu me rassurer en me disant : « Tu sais, Elise, n'écoute surtout pas toutes ces bonnes femmes qui racontent à qui mieux-mieux leur accouchement comme si c'était un supplice. Ce n'est pas vrai ! Pars avec l'idée que tu auras un bon mal au ventre comme lorsque tu as des règles très douloureuses et voilà tout. En fait, les femmes se font un devoir de hurler comme si on les saignait, pour ameuter tout le quartier, pour qu'on les plaigne. C'est ridicule, je pense qu'il faut garder sa dignité. Après tout, on a choisi d'avoir cet enfant, non ? Alors il faut en prendre le risque et les conséquences ! »

Elle avait parfaitement raison, je pensais comme elle. Nous étions de la même trempe, et c'est d'ailleurs pour cela que nous étions amies à l'école. Elle avait épousé Jean Albacète, ouvrier en menuiserie et était parfaitement heureuse. Nous avons évoqué les filles de la classe. La vie nous avait éloigné les unes des autres. Madame Puech venait s'asseoir l'après-midi avec moi sur le banc, nous faisions la causette. Je tricotais et elle me disait que je savais tout faire de mes mains : tricot, couture, bricolage... Tant mieux, cela me plaisait et occupait mon temps tout en me permettant des économies.

La naissance de Colette

Le terme de ma grossesse arrivait. La sage-femme vint à la maison pour l'accouchement. J'étais énorme et pour cause, je mis au monde une jolie brunette de quatre kilos quatre cents. Le travail fut assez long, Madame Bouza me piqua à deux reprises avec de l'extrait d'hypophyse pour activer les choses. Plusieurs années après, le nom de ce médicament raisonnait encore à mes oreilles. En hommage au grand écrivain, je décidais d'appeler mon bébé Colette. On lui aurait donné trois mois.

Cette fois-ci, je n'écoutais personne et n'en fis qu'à ma tête. J'allaitais mon enfant qui prit un kilo par mois. Elle était très jolie et très éveillée. Mais elle nous fit passer des nuits de veille. François dormait mal, se surmenait entre son travail à la mine, les cacahuètes et un jardin qu'il avait obtenu de la mine. Je lui disais d'en faire moins, que ce surmenage lui jouerait un mauvais tour, mais rien n'y faisait.

J'allais une fois en consultation pour Colette chez le vieux docteur G. qui recommença à prescrire de

" *l'Aniodol Interne* ", nom abhorré s'il en est pour moi, que le laboratoire me pardonne ! Je changeais définitivement de médecin pour prendre le docteur Groc dont je n'eus jamais qu'à me féliciter. Il auscultait souvent Colette qui me causait des soucis.

Un jour, Eliette Albacète vint chez moi pour m'informer qu'une ancienne camarade de classe était revenue en France, mariée, avec un enfant. Je ne l'avais pas connue car ses parents l'avaient reprise en Pologne à l'âge de seize ans, au moment où j'arrivais à Carmaux. Elle était donc là, ne possédant que son alliance, sa machine à coudre et sa bicyclette. Son mari était malade. En Pologne c'était la misère et ils avaient voulu en repartir.

« Je fais le tour de toutes mes copines pour essayer de les aider. Ma sœur lui a prêté un lit, moi une table. Ils vivent avec des caisses d'oranges comme étagères. Une grande caisse qu'elle a arrangée sert de petit lit à son fils qui a quatre ans je crois. Chacune de mes amies me donne ce qu'elle peut, en argent, en habits pour le petit ou en provisions. »

Je tapai dans mes réserves : chocolat, lentilles pâtes, conserves et aussi des légumes. Je mis aussi une petite enveloppe. Eliette me donna son adresse au cas où je pourrais lui rendre visite. Ce que je fis, en prétextant lui porter des légumes.

Un soir, nous les invitâmes à partager le repas chez nous. Son mari électricien venait de trouver du travail dans une entreprise de travaux publics qui l'éloignerait de la maison toute la semaine. Ils étaient contents de cet emploi.

Lui s'appelait Alphonse, le petit Alexandre et elle Victoria. Eliette m'avait parlé d'elle en la nommant Victorine et je l'appelais toujours ainsi. Nous sommes devenues amies : il n'était pas question d'aider un peu et de laisser tomber ensuite.

Elle était très vaillante et fit des ménages, de la couture aussi. En Pologne, elle travaillait dans une usine de confection. Ils vécurent près d'un an dans un appartement misérable, presque une cave. La Ville leur octroya un logement dans un H.L.M. à la Verrerie, au premier étage, avec deux chambres. Puis elle attendit un autre enfant, un autre garçon, André.

Plus tard, sa belle-mère qui venait de perdre son mari vint les voir et ne voulut pas repartir en Pologne. On leur accorda alors un autre logement de trois chambres. C'est là que la paix fut terminée pour la pauvre Victorine. Elle se retrouva seule avec cette femme qui voulait tout diriger, ne voulait pas manger ce qu'elle préparait, critiquait tout. Quand son fils arrivait le vendredi soir, elle était douce comme un agneau. Que peut dire un fils à sa femme ? « Prends patience. »

Je voyais dépérir ma pauvre Victorine qui devenait jaune comme un citron alors que sa belle-mère était épanouie. Elle ne lui donnait pas un centime et voulait dominer. Avec deux enfants il n'était plus question d'aller faire des ménages, mais la machine à coudre prit le relais. Victorine commença à se plaindre sérieusement du dos.

Madame Fau passait presque tous les soirs après son travail à l'école. C'était devenu un rite. J'étais sa confidente, elle vidait son sac. Son mari devenait de plus en plus original. Il donnait leur argent à la secte " *les Amis de l'Homme* ", puis leurs économies. Quand j'y montais le samedi après-midi, elle s'acharnait sur sa machine à tricoter pour faire des pulls pour les œuvres. Elle n'arrêtait pas, la pauvre, en plus de tout ce qu'elle avait à faire à la maison. Leur fille Jeannette était une jolie blondinette. Elle bégayait un peu. Je fis de mon mieux pour l'aider, l'obligeant à parler lentement lorsqu'elle s'énervait. En détachant lentement toutes les syllabes, je lui disais

« Parle-moi pho-né-ti-que-ment. » Elle m'écoutait. En chantant, elle ne bégayait plus. Elle me chantait des cantiques de la secte où son père les obligeait à aller.

Ils descendaient à Albi " *Au Royaume de Dieu* ", lui en solex, Jeannette sur le porte-bagages, Madame Fau à bicyclette suivait. Le soir, c'était beaucoup plus dur pour remonter la côte du Garric.

Je chantais avec Jeannette qui fit de très grands progrès, accrochant de moins en moins les mots. Ses problèmes de diction finirent par s'arranger pratiquement tout à fait quand elle partit à l'école de " *Clair-Logis* " comme pensionnaire, à Albi. L'éloignement d'avec son père lui fit le plus grand bien.

Un jour Madame Fau arriva en larmes et me confia que son mari devenait un " *illuminé* " : il avait monté la côte à genoux en parlant de la gloire de Dieu et d'autres choses. Je lui conseillais d'en parler au médecin même si son mari ne voulait pas y aller. Il se croyait persécuté. Il n'y avait que la solution d'un placement au Bon Sauveur d'Albi, établissement psychiatrique. Mais comment l'y amener ?

« Il n'a confiance qu'en vous Madame Alibert ! »

Nous avons alors échafaudé une histoire de visite à Albi :

« J'ai des papiers à faire et je n'ose pas partir seule en cas d'incident en route. Je préfèrerais avoir un homme à mes côtés. Accepteriez-vous de m'accompagner avec votre femme ?»

Il ne refusa pas et nous partîmes tous trois. Le bureau des entrées était avisé de notre venue et tout se passa sans incident. Monsieur Fau put ainsi être soigné. Il ne fut absolument plus question par la suite d'aller aux réunions des " *amis de l'Homme* " à Albi et Madame Fau fut ainsi soulagée d'un grand poids.

Cette période d'indépendance lui avait permis de s'affirmer et de prendre les choses en main. A son retour, il paraissait être devenu docile mais sa femme savait bien que ses idées étaient très profondément ancrées en lui, comme à l'état de veille. Elle restait sur ses gardes. Plus calme, il reprit son travail, pour un temps…

La vie continuait rue Chanzy. Colette devenait une mignonne fillette. Je lui confectionnai un très joli ensemble en fine laine blanche, à la fourche et au crochet.

Travail de patience d'un très bel effet. Dans son vêtement neuf la petite jouait les coquettes, ce qui faisait rire Madame Puech qu'elle appelait « Pèche...Pèche... ».

Colette avait dix mois. Sur le calendrier des postes il y avait une image représentant une petite fille tenant un chat contre elle. En la tenant sur mon bras je lui détaillais le visage de la petite fille : les yeux, le nez, la bouche, les cheveux, l'oreille... Elle posait son petit doigt menu sur l'œil, la bouche... à mesure que je les citais. L'éveil de cette petite était étonnant et Madame Puech s'en émerveillait.

Un jour nous avons voulu en faire la démonstration à François qui alors écrasa l'image de l'ongle de son pouce, en y laissant une profonde entaille tout en disant « le nez, les yeux, la bouche... ». Je me récriais vivement sur sa bêtise et souffrai véritablement à chaque marque. Quand il arriva aux yeux, cela me fut intenable. Colette le regardait, la bouche toute ronde. Bien des années après, notre enfant fut hospitalisée, cette scène atroce me revint à l'esprit, comme du fond d'un cauchemar.

Quand elle eut deux ans, je mis Colette à la garderie de l'école Victor Hugo. Ah ! Ce brise cœur que connaissent la plupart des Mamans au moment où il faut partir, laisser son petit à la garde d'étrangers au moment même où ce sont des torrents de larmes et des sanglots déchirants. Les gardiennes nous disent qu'il vaut mieux repartir tout de suite pour abréger la souffrance des petits. Elles ont raison. Je promis un joli cadeau à Colette. A midi on me dit qu'elle avait été très sage. Les bras tendus vers moi elle pleura en me voyant. Elle pleurait et riait en même temps en recevant cette jolie mallette brune et blanche que je lui avais promise pour mettre son petit déjeuner.

L'après-midi je la gardais à la maison pour faire la sieste. « A présent tu es grande Colette, tu vas à l'école ! »

Le lendemain matin elle marqua un peu de réticence mais un bonbon glissé dans sa mallette pour ajouter au petit déjeuner la calma.

La naissance de Françoise

Je manifestais le désir d'avoir un autre enfant. François désirait un garçon.

Les deux derniers mois de la grossesse, j'essayais de moins manger, mais ma taille était quand même bien enrobée. Alors que la naissance aurait déjà dû se produire, il y avait trois semaines de retard. Le bébé aimait trop sa place au chaud. Faudrait-il envisager une césarienne ? La sage-femme me conseilla d'accoucher à la clinique au cas de la nécessité d'une intervention. Je partis résolue, tout en entendant Madame Puech dire « Quel courage cette femme ! ». François suivait l'oreille basse, pas très rassuré.

Le chirurgien Laval m'administra une piqûre d'hypophyse, encore ce nom ! Je descendis rapidement les marches du grand escalier de pierre menant au sous-sol. On m'installa sur un lit étroit dans la salle des douches pour mineurs blessés ou morts auxquels on faisait la dernière toilette. C'était très réjouissant d'entendre ces explications. Il n'y avait plus de place dans les chambres, la dernière accouchée devait partir bientôt.

Mes parents arrivaient. Je n'oublierai jamais le va-et-vient que faisait une religieuse à tout moment pour venir chercher dans un placard diverses fournitures. Elle ouvrait et refermait ce réduit avec un trousseau de clefs qui faisait un cliquetis d'enfer à chacun des deux tours. Quel tourment, alors que j'aspirai au calme ! A chaque fois, la porte s'ouvrait et se refermait, l'escalier était en face, faisant fi de ma pudeur. Mais au moment de la délivrance, il aurait pu passer un régiment que je m'en serais bien moquée !

«Une fille ! », dit Madame Bouza ; une belle petite de quatre kilos. Je vis la mine déconfite de François. Je lui dis alors : « Eh bien, nous l'appellerons Françoise, comme toi ! »

Je voulais atténuer un peu sa déconfiture, pourtant j'aurais aimé lui donner le nom de Jacqueline ou Hélène. Mais Jacqueline me plaisait beaucoup.

Mes parents avaient pris Colette à Albi le temps que je me remette, soit une quinzaine de jours environ. Maman me la ramena un matin. Je la pris dans mes bras, heureuse de la revoir. Baissée devant elle, je lui dis :

« Viens embrasser ta maman !

- Oui, mais où elle est, l'autre ?

- Quelle autre ? L'anxiété me prenait.

- L'autre maman ! »

Alors je compris son angoisse. Quand Maman l'avait prise pour Albi, j'avais encore mon gros ventre et j'avais les cheveux coiffés en rouleau.

Revenue à la maison, j'étais allée chez le coiffeur qui m'avait taillé les cheveux. Mon gros ventre avait disparu. L'enfant était désorientée. Elle reconnaissait ma voix, mes traits, mais… Que se passait-il ?

Je la pris sur mes genoux, la câlinai en lui expliquant toutes ces choses. Je lui dis que la petite sœur que nous attendions n'était plus sous le cœur de Maman, mais qu'elle l'attendait à elle, Colette, dans le petit lit que nous lui avions préparé toutes les deux. Je la pris à la chambre. Elle souleva le tulle du petit lit et regarda un bon moment ce petit visage, les mains minuscules qui la firent sourire. Elle faisait connaissance avec la petite fille, sa sœur, qui allait partager sa vie. Puis tout alla très bien. Toutes les deux nous allions nous occuper de ce bébé, elle en serait la petite maman.

Le soir je montais à la chambre avec Françoise dans les bras, tenant Colette par la main. Quand j'allaitais le bébé, quelquefois Colette s'approchait, câline, en me disant « Un peu de tétou à moi aussi Maman ? » Je lui laissais faire deux ou trois succions et elle riait : « C'est bon ! ». Je lui expliquais qu'elle m'avait tétée elle aussi quand elle était un bébé, comme sa petite sœur. Je lui donnais un biscuit pour la faire patienter.

Déménagement aux Cambous

Nous avions opté pour l'achat d'un appartement aux Cambous, dans une résidence, qu'on appelait " *building* " à l'époque, puisque la maison que nous faisions faire par des promoteurs à Saint-Benoît de Carmaux n'était pas encore prête. Avec deux enfants, nous aurions plus de confort, bien que nous n'ayons pu obtenir qu'un deuxième étage au lieu d'un premier ou d'un rez-de-chaussée.

C'était en 1959. Colette avait quatre ans, Françoise un an environ. C'est là qu'elle fit ses premiers pas. Mais à ce nouveau déménagement, hélas, je n'emmenais pas Fifi avec nous.

Un jour, rue Chanzy, je l'avais appelée en vain toute la journée, sans réponse. Monsieur et Madame Puech feignirent de l'appeler avec moi, pour qu'elle revienne. J'étais très inquiète. Elle ne revint jamais, et pour cause ! La voisine me confia en secret que Monsieur Puech avait glissé le matin sur du lait concentré qu'avait régurgité Fifi. Il était tombé, et de colère, lui avait asséné sur le crâne un coup de pioche qui l'avait tuée. Leur attitude et leur mensonge me firent très mal, quand je le sus. J'eus beaucoup de chagrin de la perte de cette petite bête que j'aimais comme une personne, comme une amie. Quelquefois elle léchait la main de Colette et se couchait tout contre elle, comme pour la surveiller. Fifi avait treize ans.

Ah ! Ma chère Fifi ! J'étais un peu ta mère, t'ayant sauvée de la mort à trois semaines lorsque j'avais quatorze ans. Je t'avais emportée à bicyclette dans ma poche et nourrie avec le biberon de ma poupée. Je t'avais dressée à être propre et te donnais de la nourriture mâchée sur le bord de mes lèvres. Tu me suivais partout, comme un petit chien. Assise dessus lorsque je faisais mes devoirs, tu connaissais tous mes livres et mes cahiers. Tu grimpais sur mes épaules comme une fourrure, appuyant ta tête contre la mienne, taquinant mon stylo qui frémissait quand j'écrivais. Tu surveillais véritablement mon travail.

Tu avais aussi adopté Michel, mon premier amoureux au point de faire ton unique petit sur son pardessus alors qu'il était venu nous rendre visite ! Minette, tout de même ! Alors nous avons gardé le Grisou de Fifi.

Fifi n'était plus. Je tournais une page de ma vie. Fifi, tu resteras à jamais un grand et affectueux souvenir de compagnie et d'amour vrai.

François travaillait toujours le jardin des Cambous, de l'autre côté de la route nationale, le même que lorsque nous étions rue Chanzy. Les voisines savaient qu'il revenait à midi et tachaient de se trouver là à son retour du jardin. Elles le flattaient sur la beauté de ses légumes et il leur en donnait. Il arrivait fatigué. Je lui conseillai de moins produire au lieu de distribuer comme il le faisait. « Tu n'as qu'à leur dire de venir ramasser les haricots verts au lieu de les cueillir toi-même, tu économiserais cette fatigue ! Et puis tu serais moins énervé de fatigue en arrivant à la maison. »

Un jour, il se décida à le leur dire. Avec cynisme, elles lui répondirent que la terre était trop basse, que ce travail était trop pénible. Il me le répéta.

« Alors tu as compris, une bonne fois pour toutes ? Elles se moquent de toi ! Et tu ne t'en rends même pas compte ! »

A partir de ce jour-là, il fut moins généreux. Les profiteurs durent comprendre.

Sur les conseils de Tata Hélène, un soir j'eus envie d'aller écouter une conférence biblique et historique au temple protestant. François consentit à bien vouloir garder les petites. C'est un professeur d'histoire et géographie qui fit son exposé, vraiment très intéressant. Je revins donc sur mon vélo Solex et regagnai le deuxième étage.

Lorsque je fus sur le palier, un matelas était dressé devant la porte en fermant l'entrée. Je sonnai, pas de réponse. Il me fallait pourtant bien entrer ! Je passai mon bras comme je le pus, derrière le matelas, afin d'accéder à la serrure et ouvris. J'eus toutes les peines du monde à pousser, à tirer sur ce matelas à deux places, me désolant aussi qu'il puisse se salir en traînant par terre. Je le laissai dans l'entrée et me frayai un passage, évitant de faire du bruit pour ne pas réveiller les petites.

L'arrivée au lit fut plus qu'orageuse. Il me reprocha cette sortie qu'il avait pourtant acceptée. « Au lieu de me réveiller tu pouvais bien dormir sur le palier sur le matelas, que tout le monde se rende compte de ce que tu es. Tu peux y repartir va avec tes petits Jésus protestants. » J'étais navrée. A cette soirée on avait parlé de l'amour du prochain, j'essayai d'en tenir compte en gardant mon calme.

Mais l'atmosphère devenait de plus en plus pesante. François utilisait de plus en plus des mots insultants et orduriers. Il devait à nouveau subir l'influence de mauvais collègues.

Pour agrémenter le palier, j'avais découpé des hirondelles en plusieurs positions de vol, dans du papier Canson noir. Je les avais posées sur le mur. Cela faisait très joli, très décoratif. J'étais contente. Cela me valut de la part de François de mauvaises réflexions. Il prétendit que c'était un convenu pour indiquer des rendez-vous douteux, que je savais bien ce qu'il voulait dire par-là. J'en fus très offusquée et je lui répondis qu'il voyait le mal partout.

Peu de temps après, un jour de colère, il les arracha.

Depuis quelque temps, une petite chatte

noire avec une seule tache blanche sous le cou venait s'asseoir sur notre paillasson. Chaque matin, nous lui donnions un peu de lait et des bouts de pain avec du beurre. Nous l'avions apprivoisée et parfois elle rentrait à la maison. Les petites étaient très contentes jusqu'au jour où François s'en aperçut et se fâcha très fort pour que cela ne se reproduise plus. « *Sala bèstia !* *». Il ne pouvait supporter les animaux.

Nous la caressions lorsqu'il n'était pas là.

Tous les jours, la Moumoune attendait les filles au fond de l'escalier et les suivait sur le chemin de l'école jusqu'au coin de la rue, sur le bord du talus surplombant le Cérou. Elle les suivait des yeux un bon moment, assise, en remuant doucement le bout de sa queue. Puis elle revenait vers le bâtiment. Je l'observais de ma fenêtre. A midi et à dix-sept heures elle revenait les attendre, comme à un rendez-vous. Les filles lui donnaient un peu de leur goûter.

Mais un matin, François se leva plus tôt et surprit notre petite bête en train de laper son lait devant la porte. Il poussa un énorme cri. La petite chatte n'eut pas le temps de se sauver et reçut un formidable coup de pied qui la projeta contre la muraille du demi-palier. Nous nous précipitâmes en criant, juste pour voir la pauvre bête qui se relevait toute blessée pour s'enfuir. Nous ne l'avons jamais revue, au désespoir des petites qui en voulurent longtemps à leur père. Nous avons supposé que la pauvre Moumoune était morte d'une hémorragie dans quelque cave. Nous ne l'avons jamais

Sala bèstia ! : Sale bête !

oubliée et dans sa vie, Françoise eût toujours, plus ou moins, une chatte noire au point blanc sous le cou, en souvenir de la Moumoune.

Colette prenait sa sœur par la main jusqu'à l'école de la Sérinié. Françoise était à l'école maternelle et Colette chez Madame Mangelle, au cours préparatoire. Notre grande fille était une très bonne élève qui tenait ses cahiers à la perfection. Cette maîtresse devait me dire bien plus tard qu'elle observait en classe Colette qui avait soudain « l'air de partir dans la lune, puis émergeait soudain, très pâle. »

Elle ne grandissait pas proportionnellement à Françoise qui poussait sans aucun problème, rattrapant presque sa sœur.

Un beau jour François recommença à me dire « que la tête lui bouillait », qu'il nous fallait acheter un manège pour gagner de l'argent, qu'il avait observé les forains à la fête de la Saint Privas et qu'ils gagnaient un argent fou.

A d'autres moments il voulait monter un stand. Cela consistait à faire tomber des boîtes de conserves vides avec des balles remplies de son. Il n'y aurait pas un gros investissement à faire. Puis il revenait à l'idée de son manège. Il me fatiguait.

« Et les enfants, tu penses aux enfants, non ? Et l'école ? »

Mais tout cela semblait être pour lui une question secondaire. Il revenait sans cesse à charge, de façon très pénible, à croire qu'il n'y avait au monde que l'argent qui comptait pour lui.

Avant qu'il ne s'engage subitement comme il l'avait fait pour les cacahuètes, je cherchai un magasin de mercerie par exemple, un commerce de femme. C'était très difficile. On nous enseigna une épicerie-primeurs qui semblait très bien fonctionner mais il fallait aller au marché de gros trois fois par semaine. Nous nous sommes présentés et avons versé une caution de promesse d'achat de cinq mille francs. Avant d'aller plus loin, François demanda à aller un matin au marché de gros avec le vendeur pour se rendre compte du travail. Il aurait dû le prévoir plus tôt car il me dit à son retour qu'on avait peut-être fait une bêtise. Nous n'avons pas osé tout abandonner au risque de perdre nos cinq mille francs. Il aurait mieux valu. Lorsque l'on voit le danger il vaut mieux l'éviter et sauvegarder sa vie. C'est folie de s'engager dans un travail que l'on ne connaît pas. François pensait faire front à la mine et au commerce, moi à m'occuper des enfants, de la maison et du magasin. C'était insensé. Je dus aussitôt engager une petite employée pour garder les filles, mais elles se plaignirent bientôt que cette jeune femme les battait. A mon grand regret je n'avais plus que la solution de la pension chez les religieuses à l'école de la Tour.

Françoise avait trois ans et demi environ et Colette sept. J'expliquai à la mère supérieure sœur Hélène, le traitement que Colette devait suivre. J'étais très angoissée de cela et de notre séparation. De plus, des bruits couraient qu'un supermarché risquait de s'installer sur Carmaux. N'était-ce qu'une rumeur ? Je dressai l'oreille avec inquiétude et dis à François que si cela arrivait, ce serait notre ruine. J'avais deux employées pour me seconder les jours de marché et Madame Carcenac en plus un autre jour de la semaine. C'était une femme très sérieuse précédemment employée dans une droguerie qui venait de fermer.

La religieuse qui faisait les courses à la Tour emmenait quelquefois les petites le jeudi après-midi. Un jour, Françoise qui guettait son départ, s'échappa et la suivit de loin. La sœur, surprise et un peu irritée, se détourna malgré tout de son trajet pour faire une petite incursion au magasin, afin que l'enfant voie un peu sa maman. Françoise aimait tellement les souris en chocolat !

Colette à l'hôpital d'Albi

L'arrêt staturo-pondéral de Colette m'inquiétait, d'autant plus qu'elle s'était mise à boire de l'eau très souvent. Je ne trouvais pas cela normal. Je lui disais :
« Tu prends une drôle de manie en buvant autant. Tu vas te dilater l'estomac. Arrête un peu ou je te gronderai parce que ça ne me fait pas plaisir.

- Mais j'ai soif, Maman ! »

J'allai consulter le docteur Groc qui me répondit qu'il faisait chaud, que c'était normal.

Puis l'hiver arriva et Colette buvait toujours autant. Je revins chez le docteur.

« Dosez ce qu'elle boit. Un jour où elle ne va pas à l'école, vous lui dites de ne boire qu'avec sa carafe. Nous verrons. »

Je revins chez le docteur sans tarder, Colette avait bu quatre litres un quart !

Monsieur Groc m'envoya aussitôt consulter le pédiatre, le docteur Floutard qui me dit de venir avec la petite à l'hôpital pour une observation. Nous avions une chambre à deux lits, un pour elle, un pour moi.

Nous étions juste en face de l'infirmerie.

Le jour de notre arrivée, le docteur me convoqua seule dans son bureau et me dit : « Ecoutez bien ce que je vais vous dire, Madame. Demain, premier jour, vous laisserez boire votre fille comme elle veut, avec les bouteilles que nous vous remettrons. Deuxième jour, même chose, avec la différence que l'eau sera salée. Troisième jour, abstinence. Rien, ce qui s'appelle rien, pas d'eau. Croyez, Madame, que si je vous ai fait hospitaliser avec elle, c'est pour la surveiller de très près. Vous ne la quitterez pas d'une semelle car elle deviendra impossible tant elle aura soif, au point qu'elle serait capable de boire son urine, l'eau des toilettes, ou l'eau de Cologne ! Si vous devez vous isoler vous-même pour aller aux toilettes appelez la surveillante ou une infirmière. Grande surveillance, c'est très important. »

Tout cela m'inquiétait un peu, mais j'étais très attentive.

Le premier jour, tout alla bien, nous lisions et nous jouions. Le deuxième jour, elle buvait un peu plus, bien sûr, de l'eau salée ce n'était pas évident ! Le soir, je lui dis de boire jusqu'à minuit. Ensuite elle n'aurait plus le droit jusqu'au lendemain soir.

« Il te faudra être raisonnable, ma Colette. Ce ne sera pas une punition, c'est pour surveiller ta santé. Tu es une grande fille et tu comprends. Tu sais que ta Maman te fait toujours confiance.

- Oui, Maman, je ferai ce que tu me dis. »

J'éteignis la lumière ce soir-là avec une grande inquiétude pour le lendemain.

Pour ne pas lui faire envie je me cachai pour prendre mon café du matin. Jusqu'à midi tout alla à peu près, bien que je sente monter son désir de boire. Ensuite elle demanda de l'eau. J'essayai de la rassurer. Elle devint plus nerveuse. La surveillante passait de temps en temps pour l'encourager aussi. Puis elle se mit à pleurer de soif. Au fur et à mesure que le temps passait ses pleurs augmentaient. C'était insupportable. Je souffrais autant qu'elle. Je lui défendais la porte des toilettes et je me résolus à demander de l'aide à la surveillante. Elle me dit qu'elle le communiquait immédiatement au docteur. Il me convoqua. La surveillante gardait la petite. Il était seize ou dix-sept heures.

« Allez, Madame, laissez boire cette enfant, j'ai compris ce qu'elle a.

- Alors, Docteur ?

- Elle a un diabète insipide.

- Elle a du diabète ?

- Non, ça n'a rien à voir avec le diabète. C'est un cas très rare au monde.

- Et alors, docteur ?

- Cela risque de lui passer à la puberté ; peut-être. Elle suivra un traitement en attendant et il ne faudra jamais l'arrêter. Allez faire boire cette enfant autant qu'elle le veut. »

Quand je donnais à boire à Colette elle m'offrit un regard de reconnaissance indescriptible. Si l'on pouvait savoir combien un verre d'eau peut être bon pour un malade !

Le lendemain nous rentrions à la maison avec une ordonnance. Je recommandais aux pharmaciens de la mine de ne jamais manquer de ces petits tubes de poudre d'hypophyse qu'ils durent faire venir spécialement, n'ayant jamais eu à en détenir jusqu'à présent. Désormais, Colette priserait cette poudre qu'elle devait déposer sur le dessus de sa main, comme autrefois les personnes qui prisaient du tabac. Elle était raisonnable et consciencieuse. Son petit tube était toujours dans sa poche, grand comme la phalange du petit doigt.

Je gardais ce terrible secret de ma fillette en attendant sa puberté.

Elle fit aussi des séances de rayons ultra-violets où il fallait bien protéger ses yeux.

Pendant quelques temps Colette a sensiblement moins bu, jusqu'à une reprise progressive. On augmenta les doses de médicament. Puis, pour moins de contrainte journalière, on essaya le traitement par piqûre, deux fois, puis trois fois par semaine.

Notre Colette ne grandissait toujours pas.

Départ de Colette à Le Moulleau

Colette dut partir à Le Moulleau sur l'avis du docteur, pour un changement d'air, à l'océan. Cela pourrait être favorable pour sa croissance. Nos deux filles avaient maintenant la même taille, semblables à de vraies jumelles.

Dans la rue certaines personnes me disaient au passage : « Que vous avez de jolies petites jumelles ! »

Colette me serrait alors la main un peu plus, me disant ensuite lorsque nous étions seules : « Qu'ils sont bêtes ! »

Avec Maman, nous avons préparé son trousseau. Dans l'espoir de la voir grandir nous allongions les jupes. Bien trop.

Le premier dimanche de mars, nous avons invité toute la famille pour fêter Sainte Colette, en même temps que Sainte Françoise le neuf mars de la même semaine. Huit jours après, Maman, Colette et moi prenions le train, pour Bordeaux où nous devions faire une halte. Un photographe de rue nous prit une photo instantanée à toutes les trois. Elle était bien, mais si chère que nous l'avons refusée. Je le regrette encore.

Le train nous reprit vers Le Moulleau. Cette maison de santé pour enfants se trouvait au milieu des pins. Elle était tenue par des religieuses de Saint Vincent de Paul, reconnaissables à leurs larges cornettes. Sœur Angélique prit la petite en charge, la rassurant à merveille. Nos sourires cachaient notre déchirement à toutes les trois.

Notre espoir était si grand de revoir notre enfant dans un mois, pleine de santé. C'est dans le train qui nous ramenait vers Carmaux que nous avons laissé libre cours à notre chagrin. Je revoyais en pensée l'air sceptique du docteur Groc et celui du docteur Floutard laissant retomber ses bras avec impuissance. Il y a des flashs qui vous poursuivent ainsi.

Trois semaines passèrent avec un échange de courrier assidu avec la religieuse qui me tenait au courant des visites chez le médecin du Moulleau qui avait pris la petite en grande estime. Colette lui expliquait comme une grande tous les traitements et le nom des médicaments. « Votre enfant est exceptionnelle », m'écrivait la sœur. A l'épicerie, tout en m'occupant des clientes, des commandes, ma pensée ne quittait pas la petite. Françoise continuait à venir tous les jeudis après-midi, toute frisée et rieuse, reprise par la religieuse ou ramenée par moi-même, des souris en chocolat dans la bouche et dans la poche.

Au bout de ces trois semaines, en estafette, avec François, Papa et Maman, nous allâmes à Le Moulleau pour voir Colette. Je pris la religieuse à part pour lui dire que la petite avait son œil droit qui commençait à loucher. Elle voulut le démentir, mais je lui répondis que je n'étais pas une maman geignarde, que je voyais les événements bien en face et que j'étais inquiète. Elle devait le signaler au médecin.

Nous allions manger au restaurant. On ne voulut pas nous laisser Colette pour déjeuner avec nous. Ce fut très dur. Après le repas, nous sommes revenus la chercher pour la prendre en promenade à la dune du Pilat, toute proche. Nous tenions la petite par la main pour l'aider à monter sur cette immensité. Nous avions pris soin de quitter nos chaussures afin de ne pas les perdre dans ce sable chaud qui nous donnait l'impression de nous happer. Cette rude montée nous faisait un peu perdre le souffle. Des promeneurs nous racontaient qu'ils avaient laissé tomber des objets ou même leur portefeuille aussitôt engloutis dans le sable, sans espoir de les retrouver. Tout en haut nous nous sommes assis pour nous reposer, admirant l'océan et ses vagues, sous le vent qui piquait un peu à cause du sable qu'il soulevait. En repartant, la descente fut plus rapide et fit rire Colette que nous retenions chacun par une main. Certains redescendaient sur leurs fesses. Nous avons bu un rafraîchissement dans un petit bar. Colette nous racontait qu'elle allait un peu à l'école et que le médecin était très gentil, qu'il avait douze enfants, parce qu'il les aimait. Il l'avait prise deux fois à l'hôpital de Bordeaux avec sœur Angélique, pour des visites, ainsi que me l'avait écrit la religieuse.

« J'ai trouvé des souris en chocolat dans les poches quand j'ai changé de robe. »

Le contact de sa joue contre ma main me remua le cœur comme des millions de baisers.

Le soir nous avons regagné notre hôtel, sans la petite. C'était le règlement de l'établissement. Cela me tourmenta toute la nuit.

Le lendemain matin nous allions dire au revoir à Colette. Il n'avait servi à rien d'allonger sa jupe que je voyais trop longue, cela m'affligeait. Je regardais son menu visage au triste regard qui devenait étrange et qui me brisait le cœur. Elle me tint longtemps embrassée, m'entourant les jambes de ses bras, pour me retenir, sans rien dire. Raisonnable, elle me suppliait en silence. J'étais torturée. Mon papa se détournait pour cacher ses yeux qui allaient déborder.

C'est le cœur rempli de tristesse que nous avons repris le chemin du retour, vers Albi et Carmaux.

Quelques jours après, nous recevions une lettre de sœur Angélique me confirmant que je ne m'étais pas trompée, qu'un strabisme était bien en train de s'installer, que j'avais " *le regard d'une infirmière* ". Mes inquiétudes grandirent.

Retour à Bordeaux

Une quinzaine de jours après, arriva un télégramme de l'Hôpital des Enfants de Bordeaux, demandant un télégramme avec réponse rapide de notre part pour leur donner la permission d'opérer en urgence.

J'étais soudain désemparée, tremblante, perdue. Je me rendis à la Poste pour envoyer le terrible message de mon accord et allai demander à Madame Carcenac si elle pourrait tenir le magasin le temps qu'il faudrait puisque je devais partir pour Bordeaux. Pour combien de temps ? Elle accepta au pied levé en me consolant et en me promettant de faire de son mieux malgré la grosse responsabilité que cela représentait. A mon retour, je lui doublais son salaire, « elle avait été formidable », devait me dire François par la suite. Je lui en fus très reconnaissante.

Ma valise fut vite prête et le lendemain, avec la fourgonnette, François me prit à Bordeaux directement à l'Hôpital des Enfants. A tout hasard, nous emportâmes un matelas et une couverture.

Nous fûmes dirigés au pavillon des cancéreux du cerveau.

Au premier étage une religieuse nous emmena dans une grande salle où étaient de nombreux petits lits dont celui de Colette qui nous accueillit avec un grand sourire qui me désarçonna, me brisant le cœur : les yeux de ma petite chérie changeaient complètement sa physionomie à cause du strabisme de l'œil droit. Ma petite fille !

Je constatais avec soulagement qu'il n'y avait pas de miroir dans les salles.

Elle était dans un dortoir avec une dizaine d'enfants à la tête entourée de pansements ou au crâne rasé. Combien cela devait être déprimant pour ma fillette ! J'en avais le cœur déchiré.

Pour le repas de midi, nous nous sommes rendus à un restaurant, Cours de L'Argonne. Revenus à l'hôpital, nous avons passé quelques heures avec la petite. Le soir, la religieuse nous dit que nous avions la permission de la direction pour dormir dans la fourgonnette, dans l'enceinte de l'hôpital.

Le lendemain nous avons fait notre toilette dans les lavabos. François dit au revoir à la petite et me laissa au restaurant où nous avions mangé la veille pour y déposer mes valises. Toute la matinée je courus dans Bordeaux à la recherche d'une hypothétique chambre.

A midi je revins au restaurant pour manger.

« Alors ? me dit Madame Cadars, la patronne.

- Rien, lui répondis-je, je n'ai rien trouvé, c'est complet partout. Si vous avez un galetas, un coin de couloir, j'y dormirai, sinon il me faudra aller dormir dans la salle d'attente de la gare.

- Elle est fermée la nuit !

- Alors je vais aller insulter un agent de ville pour passer la nuit au violon. »

Madame Cadars eut un triste sourire en voyant mon désarroi. Elle se tourna vers la serveuse et lui dit :

« Nous pourrions peut-être lui louer votre chambre de dépannage ?

- Ah oui ! », répondit-elle.

Je les aurais embrassées ! Je repartis plus sereine à l'hôpital.

La religieuse qui s'était occupée de Colette me remit ses boucles d'oreilles dans une petite boîte de pilules. On l'avait transférée au pavillon de chirurgie, au premier étage, dans une chambre à deux lits. Je pensais que j'aurais pu dormir à côté de la petite. Non, le lit était réservé pour un petit garçon qui devait être opéré du rocher le lendemain. Dommage !

J'eus un entretien avec le chirurgien qui devait faire des examens complémentaires le lendemain matin.

Après le dîner, je m'installais dans ma petite mansarde du restaurant où je me trouvais très bien. Un lit, une armoire, une petite table où je pourrais écrire mon courrier. Je voulais tenir Mémé Germaine au courant des évènements, ce que je fis très régulièrement car elle devait se faire aussi beaucoup de souci à Béziers, seule avec la tante.

Le lendemain à huit heures, j'étais présente pour les examens. Une infirmière emporta Colette dans ses bras. Je voulus la prendre, elle refusa. Bien sûr, elle en était responsable. J'assistai à l'examen du " *fond d'œil* " et vis ma petite Colette convulser.

« C'est bien ce que je pensais, me dit cette femme médecin. Une tumeur est bien là. Les rayons ont provoqué chez la petite une crise d'épilepsie due à la violente clarté. »

Colette fut reprise à la chambre. Je restais avec elle jusqu'à onze heures puis il me fallut repartir. Visites de quinze à dix-sept heures ! C'était le règlement. Très dur à vivre.

A midi, au restaurant, je reçus un appel téléphonique de ma sœur. Elle prenait de nos nouvelles. De ce jour, quotidiennement elle m'appela avec beaucoup de constance. Sa présence fidèle me soutenait en m'encourageant.

Je me mis en quête d'une librairie pour faire la lecture à la petite qui ne pouvait plus lire seule. Elle était contente d'écouter " *Le club des cinq* ", en vogue à l'époque et très bien adapté pour les enfants. Je lui lus aussi " *Treize à la douzaine* " et elle éclatait de rire régulièrement. Je bénissais les écrivains capables de raconter des histoires aussi distrayantes pour les jeunes, surtout pour les malades.

Je me rendis dans une mercerie où j'achetai

quelques pelotes de laine blanche pour faire une étole à Colette. Je discutais un moment avec la vendeuse à qui je racontais les souffrances de ma fille et ma peine.

Nous eûmes une conversation à cœur ouvert. Les amis sont parfois ceux que l'on rencontre au gré du hasard et qui ne seront présents qu'un instant dans une vie. Je sortis de la boutique un peu allégée de ma douleur car j'avais été écoutée et comprise.

L'opération de Colette

C'était décidé, Colette serait opérée le lendemain matin à huit heures.

Un infirmier, l'assistant opératoire, tenant la main de Colette, nous dit qu'il venait la voir. Elle lui confia que nous habitions Carmaux. Il lui expliqua, qu'il avait hébergé durant un mois deux enfants de mineurs à l'époque des grandes grèves.

« Depuis, j'aime beaucoup les enfants de Carmaux. »

Très doucement il l'informa ensuite d'une chose terrible pour elle :

« Il faut que je te rase les cheveux avant l'opération. » La petite poussa alors un gémissement. Je dis à l'infirmier :

« Colette voudrait bien ne pas être entièrement rasée comme les enfants de la salle où elle se trouvait lorsqu'elle est arrivée. Elle ne peut s'imaginer sans ses jolies boucles.

« Alors ne te fais pas de souci, la rassura ce bon père de famille, je couperai juste ce qu'il faut pour que le chirurgien puisse faire son travail. Tu verras ma chérie, je te promets que tu pourras les toucher tes cheveux !

- C'est bien vrai, Monsieur ?

- Je te le garantis, je ne mens jamais, surtout aux enfants, je les aime trop, et surtout à toi qui es une petite Carmausine !

Il partit pour faire sa tournée des malades.

- Tu crois qu'il va me laisser mes cheveux, Maman ?

- Pour ça oui, j'y crois ! D'ailleurs tu sais, nous allons prier pour que tout se passe bien. »

Et ma petite Colette joignit ses mains et pria avec moi de tout son cœur.

Ce soir-là je suis restée plus longtemps, lui promettant d'être auprès d'elle le lendemain matin de bonne heure. Nous avons habillé Catherine sa poupée avec les dernières robes que je lui avais faites et son petit chapeau ajouré rouge et blanc exécuté au crochet. Quand j'arrivai le lendemain Catherine était dans ses bras.

J'embrassai ma fillette prémédiquée qui me sourit avant de sombrer dans un sommeil artificiel. Le chariot l'emporta vers la salle d'opération.

Sur l'oreiller, Catherine, toute bouclée sous son chapeau, attendait le retour de sa petite maman.

La salle d'opération se trouvait au même niveau que la chambre, un peu plus loin vers la gauche. Face à la chambre, s'ouvrait une porte où je vis entrer de nombreux étudiants en médecine qui montaient à l'étage par un petit escalier. Je sus plus tard qu'il donnait accès à la coupole avec sa grande vitre surplombant le bloc opératoire d'où les étudiants pouvaient suivre le déroulement et les commentaires de l'opération. Je m'assis dans le recoin de cet escalier et attendis plusieurs heures, recroquevillée, la tête dans les mains. Morte d'angoisse et d'espoir fou, j'étais en osmose avec ma petite Colette.

J'entendis soudain des pas dans l'escalier. Les étudiants et des médecins redescendaient de la coupole, parlant à voix basse en passant devant moi. J'allai dans le couloir et demandais à une infirmière si je pouvais parler au chirurgien. Il fallait attendre encore.

J'attendis, longtemps…

Enfin, il sortit du bloc dans sa longue blouse blanche. Nous allions à la rencontre l'un de l'autre. Il me tendit sa belle main qui avait si longuement travaillé sur la tête de ma petite fille. Il me regarda droit dans les yeux lorsque je lui demandais : « Alors, Docteur ? »

Il écarta les bras en soulevant ses épaules d'un air impuissant. De larges plaques de sueur mouillaient ses aisselles. L'opération avait sûrement dû être très éprouvante pour lui aussi. J'eus comme une pulsion pour le serrer contre moi pour le remercier de tous ces efforts pour lutter contre le mal. La décence m'en empêchait. En laissant retomber ses bras, il me dit, sincèrement compatissant mais très honnêtement :

« J'ai fait tout ce que j'ai pu. J'ai enlevé le maximum, mais il y en avait trop ! »

Je sentis cet homme réellement malheureux de ne pouvoir sauver un enfant. La voix brisée, je lui formulais tout simplement ma reconnaissance : « Merci, Docteur. » Terrible face à face. Il partit accablé.

C'est à ce moment précis que je sus que ma petite Colette était perdue.

Je me retournai pour revenir à la chambre lorsque j'aperçus le docteur de la maison de santé du Moulleau qui avait soigné Colette. Il avait assisté à l'opération. Il me serra dans ses bras, les larmes coulaient sur son visage.

« Ah Madame, quelle enfant vous avez ! Quelle admirable petite fille, si intelligente. Vous savez, elle m'a raconté de A à Z toute l'histoire de sa maladie, tous les noms des médicaments qu'elle avait pris à Carmaux et leur dose. C'est une enfant exceptionnelle, vraiment. Je l'avais prise en grande considération. Elle vous aime beaucoup, gardez courage. Maman de Colette, permettez-moi de vous embrasser. »

Les yeux rougis par les larmes, il partit, tout ému. J'étais désemparée. Si seule !

Le chariot sortait de la salle d'opération avec ma petite chérie enveloppée dans une couverture et la tête entourée d'un bandage en forme de bonnet. Son visage était si blanc !

L'infirmier qui avait rasé Colette vint me chercher sur la porte et me conduisit auprès de la petite en me serrant le bras.

« Voyez, elle se réveille, mais ne lui parlez pas trop encore, elle est fatiguée.

Colette ouvrait les yeux et me sourit :

- Tu as mal ma cocotte ?

- Non. »

Je lui pris alors sa main menue et la dirigeai vers le bas de son visage pour lui faire toucher du bout des doigts quelques frisettes qui émergeaient du bandage. Elle me sourit d'un bonheur indicible.

« Tu vois que tu les as tes cheveux ma chérie.

- Je suis contente, Maman.

- Maintenant il te faut dormir et te reposer. Je vais revenir. Je te rends Catherine qui t'attendait elle aussi, elle va te garder. »

Quand je quittai la chambre dans la pénombre Colette caressait doucement les cheveux de sa poupée. Colette était fatiguée, si faible, si pâle ! On la transfusa le lendemain soir.

Je surveillais le goutte-à-goutte avec un espoir fou. Je voyais avec tant de bonheur le rose remonter aux joues de ma petite! On allait la sauver !
Je pensais au donneur de sang avec gratitude et l'idée me vint de lui écrire.

« Merci à la personne inconnue et amie qui, par le don de son sang, est en train d'essayer de sauver ma fillette de neuf ans. C'est une maman reconnaissante qui vous dit merci du fond du cœur. »

Quand passa la surveillante je lui remis le message

afin qu'elle le transmette au Centre de Transfusion Sanguine.

Je surveillais ce flacon avec tellement d'espérance ! Et je m'imaginais travaillant un jour dans un hôpital pour être utile aux malades. Je ne savais pas ce que je ferai : infirmière, c'était impossible, aide-soignante peut-être, mais sûrement femme de service. Au moins être un peu utile afin de pouvoir ne serait-ce que ramasser un mouchoir qui tomberait du lit d'un malade trop faible. Je pensais intensément à tout cela.
Le lendemain, la surveillante vint me trouver pour me transmettre les remerciements de Monsieur le Directeur du Centre de Transfusion Sanguine qui avait été très touché de ma missive.

« Vous direz à cette dame que c'est la première fois que cela nous arrive. Les gens trouvent cela naturel que l'on passe du sang pour eux ou les leurs sans penser au donneur qui a fait l'effort de venir, par altruisme. Remerciez-la très fort de ma part et pour le donneur qui doit rester anonyme. »

J'ai connu ce jour-là la valeur d'un merci sincère. J'en étais heureuse pour ma petite fille.

Quelques jours après, l'employée de l'hôtel eut besoin de la chambre que j'occupais et Madame Cadars m'en loua une autre sous les combles, donnant sur la rue. Elle était beaucoup plus bruyante mais je n'avais pas le choix !

Une nuit, je me réveillai en transe après un terrible cauchemar, au point que je me levai et l'écrivis aussitôt à Tata Hélène :

« Je me promenais avec Colette que je tenais par la main, le long d'une rivière à l'eau toute noire. Nous marchions sur de gros galets. Enveloppé dans un grand manteau rouge qui flottait autour de lui, surgit derrière nous un personnage avec un visage de diable noir. Il paraissait voler. En passant à côté de nous il enleva Colette en ricanant. La prenant dans sa cape, il traversa le fleuve au-dessus de l'eau. De l'autre côté, il s'éloigna dans un terrible claquement de sabots sur les galets. J'appelais désespérément Colette en lui tendant les bras mais l'homme s'enfuyait avec elle. J'étais tellement impuissante ! Comme paralysée. »

J'étais très mal, persuadée que Colette allait mourir.

Je revenais à l'hôpital deux fois par jour. Les paupières de la petite s'infiltraient. Elle ne pouvait plus ouvrir qu'un œil et nous restions dans la demi-obscurité, la lumière du jour la fatigant. Je venais de terminer trois volumes de Victor Hugo : " Les Misérables ". Je n'avais que ces livres sous la main. Pas très réconfortants pour le moral !

Ce jour-là, le temps était à l'orage et quelques gouttes commençaient à tomber au dehors. La fenêtre était ouverte. Colette me dit soudain : « Maman, je sens la terre. »

Il m'est impossible de décrire l'effet que cela produisit sur moi. Je lui répondis que c'était la terre qui commençait à se mouiller qui sentait.

« C'est drôle, quand même ! », me répondit-elle.

Puis elle eut envie de fraises. La saison n'était pas trop avancée encore pour en trouver, mais je me précipitai chez un marchand primeur pour en demander " *à n'importe quel prix* ". On me répondit de revenir le lendemain matin, que l'impossible serait fait pour en avoir. La petite fut très contente. Le jour suivant, j'apportais ces fraises, trop heureuse que Colette puisse enfin avaler quelque chose qui lui fasse plaisir. Elle les sentit, les toucha de ses petits doigts et en mangea une comme un régal, puis une deuxième, plus lentement. Elle ne put finir la troisième.

« J'en ai assez mangé, Maman. »

François, mes parents et Françoise étaient revenus le dimanche après l'opération. Françoise s'occupait de Colette, à bien lui tirer les draps, à lui tenir la main, en nous disant ensuite, souriante à la pensée de son futur dévouement : « Quand je serai grande, je soignerai Colette ! »

François inquiet pour les papiers du commerce me demandait de les compulser et s'impatientait car il voulait reprendre la route le soir même. Je lui demandais de parler doucement pour ménager la petite mais il s'impatientait encore. Colette me pressait alors doucement la main pour me rassurer. Il est évident que François avait aussi beaucoup de soucis pour tout mener de front. Colette me serrait encore la main pour me réconforter, pauvre enfant. Je m'occupais des papiers le plus rapidement possible. Maman nous avait apporté un immense bouquet de pivoines. *" Bouquet royal "*, dit Madame Cadars qui le disposa sur une table ronde dans l'arrière-boutique où nous mangions.

Ma cousine Paulette qui tenait alors une épicerie à Gaillac avait confié à mes parents une barquette de fraises pour la petite. Cela nous fit très plaisir.

Ils repartirent dans l'après-midi. François devait reprendre le travail à la mine le lendemain et ouvrir l'épicerie. Sur la table de chevet de Colette leur présence était encore avec nous dans ce bouquet de pivoines.

Le chirurgien vint me prévenir qu'il faudrait peut-être faire une autre petite intervention pour décongestionner les yeux infiltrés de Colette.

D'autres journées suivirent. Le petit Alain, son voisin de lit, avait été orienté vers une autre clinique. Je pouvais donc tenir compagnie à ma fille autant que je le désirais. Toute la journée, sauf au moment des repas où j'allais manger à l'hôtel Cours de l'Argonne, je restais dans le noir tenant la main de la petite. Ah je la connais cette rue Sainte Catherine que je longeais quatre fois par jour le cœur déchiré ! Il me paraissait même étrange que des gens puissent ainsi s'affairer à entrer dans toutes les boutiques. Tout ce monde qui vaquait à ses occupations me paraissait bizarre. Je n'avais qu'une seule idée en tête : Colette. Je me répétais de façon lancinante : « Notre fille Colette a neuf ans, elle est couchée dans un petit lit blanc. Je sais qu'elle va mourir. »

Elle n'avait qu'un seul désir, faire sa communion privée.

Lorsqu'elle était au Moulleau, en maison de santé, soignée par le grand dévouement des sœurs de Saint Vincent de Paul, elle avait eu le grand désir de faire sa première communion, regrettant de ne pas avoir été avec ses amies malades, agenouillées, qui s'étaient confessées et ainsi avaient pu communier.

« Il n'y avait que moi qui ne la faisais pas et pourtant tu sais, je le désirais de tout mon cœur. Maman, je voudrais faire la communion.

- Je te promets ma chérie de le demander à Monsieur l'aumônier. »

Dès que je pus le rencontrer, je m'enquis auprès de ce prêtre, comment procéder pour accéder au désir de ma fillette malade.

« Avez-vous, Madame le certificat de baptême de cette enfant ?

- Je ne l'ai pas ici, mais chez moi à Carmaux.

- C'est bien dommage ! Je ne puis donc pas lui faire faire sa première communion.

- Mais enfin, Monsieur l'aumônier, moi, c'est moi, sa mère, qui vous le demande. Je sais bien qu'elle l'a eu son baptême !

- Tout ce que vous voudrez, mais je n'ai pas le droit ! D'ailleurs, Madame, pourquoi tenez-vous tant à ce que cette petite fasse la communion ?

- Mais Monsieur l'aumônier, c'est parce que, au

moment où je vous parle, ma petite fille est peut-être en train de mourir, toute seule, puisqu'on n'a pas le droit de rester à son chevet ! Trouvez-vous cela humain ? Je suis à trois cents kilomètres de ma famille, seule avec ma fille, on m'empêche de rester avec elle et en plus c'est l'église, pour un papier, qui m'empêche de réaliser son plus cher désir, entendez-vous bien cela ?

- Je regrette, il me faut ce certificat.

- Bon, c'est entendu; puisqu'il en est ainsi, c'est moi qui ferai faire la communion à ma fillette : c'est la dernière chose qu'elle me demande.

- Vous ne ferez pas cela, Madame, vous n'en avez pas le droit !

- Pardon ? Le droit ? Eh bien sachez que je le prends, ce droit, devant la mort ! Et Dieu, me comprendra, Lui !

- Mais, Madame ! »

De ce pas, je partis dans Bordeaux à la recherche des églises de la ville, pour demander à un prêtre d'accéder au dernier désir de mon enfant. Rien à faire, il fallait présenter ce fameux certificat.

De guerre lasse, sous le soleil qui m'épuisait, j'allongeais le pas à la recherche de la cathédrale de Bordeaux. Plus près du Bon Dieu... peut-être !

Dans une rue à proximité d'une place je m'arrêtai, anxieuse, me demandant soudain où j'étais et comment même je m'appelais. Je ne savais plus ce que je faisais sur ce trottoir inconnu. Le trou noir, immense, le vide complet. Le menton dans la main je cherchais, rien, nul souvenir, consciente tout de même que j'avais ma carte d'identité dans le sac à main. Mais je voulais à tout prix percer ma mémoire rebelle pour me rappeler. Soudain je poussai un " *Ah !* " de soulagement. Oui, je m'appelle Elise Alibert Cévennes. Le ciel me parut soudain plus beau, plus bleu. Je faisais la tournée des églises afin de trouver une solution pour ma petite Colette.

Je gravis les nombreux degrés et poussai l'immense portail de la cathédrale. Enfin un peu de fraîcheur ! Après tant de clarté éblouissante dans les rues je marchais en aveugle quelques secondes. Un jeune prêtre vint vers moi. Je désirai un entretien. Je le suivis dans la sacristie au sol recouvert d'un immense tapis brodé au point de croix dans tous les tons de bleu et de rose. Il était formé de grands carrés réunis, exécutés certainement par de nombreuses religieuses. Quel travail ! Pourquoi, parfois, aux moments dramatiques de l'existence l'attention est-elle distraite par certains détails, sans commune mesure avec ce qui nous préoccupe ?

Je fis part au jeune prêtre du but de ma visite. Il me parla des peines de la vie, qu'il était le fils d'une famille de douze enfants. Pourquoi me racontait-t-il tout cela ? Pour me distraire de ma requête peut-être ? Alors je la réitérai. Et la même réponse me retomba dessus comme une douche acide qui me brûla le cœur :

« Rien à faire, il faut le bulletin de baptême !

- Mais elle est baptisée, moi, sa mère, je l'affirme devant Dieu !

- Non, non, on ne peut pas... l'archevêché... les ordres ... ! »

La porte de la cathédrale claqua dans mon dos et j'eus le net sentiment qu'elle me poussait hors de l'église.

J'avais une telle foi à cette époque de ma vie ! Tout au long de mes cheminements interminables sur les trottoirs de cette ville je suppliais Dieu de m'envoyer la solution.

Je revins, épuisée, au chevet de Colette, de ma petite fille toute faible, aux yeux désespérément fermés.

« Tu sais ma chérie, j'ai téléphoné à Carmaux à Monsieur le curé et je n'ai pas encore reçu le bulletin de baptême. Puisque aucun prêtre ne peut te donner la communion sans ce papier c'est moi qui te la ferai faire, comme les premiers chrétiens, avec le pain et le vin. Dieu sait que tu es toute pure et que tu désires sa rencontre avec Lui, de tout ton cœur. Le veux-tu ainsi ?

- Oh oui, Maman, je veux communier ! »

J'allai acheter des dragées pour distribuer aux enfants malades de la chambre à côté, des fleurs blanches pour décorer, je mettrai l'écharpe blanche en travers du lit, comme une Sainte Table, et je vêtirai Colette de la robe blanche en dentelle que je lui avais confectionnée pour sa fête. Elle était contente de tous ces préparatifs qu'elle regardait de son œil encore valide. Nous avons préparé la communion du lendemain matin en priant ensemble de tout notre cœur.

Et me voilà repartie chez Monsieur l'aumônier pour une nouvelle tentative de persuasion. Que de fatigue pour ce long chemin à parcourir sous ce soleil de feu, pour m'entendre dire par sa servante : « Monsieur l''aumônier est justement parti à l'hôpital pour confesser la petite. »

Je repartis d'un trait à l'hôpital des enfants malades où j'arrivai épuisée.

« Tu sais, Maman, Monsieur l'aumônier vient justement de repartir, il m'a confessée.

- Et que t'a-t-il dit ?

- Que j'allais m'envoler comme le petit oiseau... C'est vrai Maman que je vais m'envoler ? »

Mon cœur se serra très fort à ces paroles malheureuses d'un aumônier qui était indigne de sa place dans ces lieux, me semblait-t-il.

Un petit oiseau de réclame de café était bien accroché sur le barreau du lit de la petite. Elle l'aimait beaucoup ce petit oiseau et le caressait souvent du bout de son doigt menu.

Que lui répondre grand Dieu !

« Oui c'est vrai, tu t'envoleras un jour comme le petit oiseau, moi aussi et Papa et Françoise, Pépé, Mémé, tous ceux que nous aimons. Mais d'ailleurs, ça nous est bien égal à nous, parce que nous avons déjà au ciel le petit frère Riri qui nous attend et qui a préparé pour nous tous une petite place pour que nous soyons encore tous ensemble. Alors on n'a pas peur, au contraire, c'est une grande joie.

- C'est vrai Maman je suis contente mais on a le temps ! »

Colette était radieuse, ses yeux s'étaient fermés sur cette joie. Elle ne pouvait voir les larmes qui inondaient mon visage. Elle n'entendrait pas mes sanglots retenus. Je remerciai le ciel de m'avoir donné ces paroles de réconfort pour ma petite. C'était une grâce. Je me penchai pour l'embrasser. Elle posa ses doigts sur ma joue et me dit :

« Mais tu pleures Maman ?

- Je ne sais pas, peut-être. C'est de penser à mon petit garçon qui est un ange et que nous retrouverons un jour. Tu vois, je pleure de joie. Et puis c'est demain que tu fais ta première communion. A demain ma petite fille.

- A demain Maman. »

Je l'embrassai de tout mon amour avant de partir, le cœur serré à l'idée que demain, peut-être, ce serait trop tard.

Avant huit heures j'étais à l'hôpital pour habiller Colette de sa robe blanche. L'étole était en travers du lit, Colette les mains jointes, dans l'attente joyeuse de faire sa communion avec le pain et le vin.

Nous étions prêtes. La porte s'ouvrit. J'entendis une clochette discrète secouée par un enfant de chœur qui précédait l'aumônier revêtu de son aube, l'étole sur le bras, le ciboire recouvert.

Dans son lit blanc ma blanche Colette, les mains jointes, était recueillie, sa tête menue enveloppée dans le pansement des trépanés. Ses paupières closes laissaient deviner la ferveur de cette colombe si pure.

Après une prière Monsieur l'aumônier procédait à la cérémonie de la communion. Je ne communiai pas, le cœur encore trop plein d'amertume de la veille et surprise par ce revirement du prêtre qui avait dû sentir que je ne plaisantais pas dans ma conviction de donner moi-même la communion à mon enfant.

J'affirme qu'à voir ma petite Colette si radieuse, c'était un miracle d'amour.

La porte s'ouvrit à nouveau. L'infirmière me tendit une lettre. Je l'ouvris, la lus et la tendis au prêtre. C'est le certificat de baptême qui arrivait... trop tard.
Le cœur d'une maman ne saurait mentir et la persévérance porte toujours ses fruits.

Seule avec Colette, je lui dis.

« Je vais offrir les dragées de ta communion à tes petits amis de la chambre à côté.

- Oh oui Maman ! »

Ils sont tous venus pour remercier leur copine. C'était poignant de les voir rire, les uns avec le crâne rasé d'autres avec des bandages sur la tête. Un peu la cour des miracles avec en plus l'amour dans la souffrance. Ils sont repartis en croquant leur dragée, heureux d'avoir un peu participé à la fête par ce bonbon offert par Colette.

Quant à moi, le cœur brisé d'émotion, je recevai le plus beau des cadeaux, le grand bonheur de Colette. Elle avait pu faire sa première communion.

Je revins chez la marchande de laine. Elle me dit que lorsqu'elle m'avait vue passer avec l'étole blanche sur le bras, elle avait pensé à la fin de la petite. Non, c'était pour sa communion. J'achetais une autre pelote de laine blanche pour le trousseau de Catherine. Mais cela fut inutile. Colette n'avait plus qu'un œil ouvert. Nous restions continuellement dans la pénombre. Quelques pressions de mains, quelques mots étaient notre seul moyen de communiquer.

Le quinze mai, voyant Colette si mal, j'avais resserré mes affaires dans la valise et rangé ma chambre.

Quand je revins voir la petite, je me rendis compte que l'issue fatale était proche. Le pouls ralentissait de plus en plus, la tension était à cinq.

L'agonie de ma petite chérie se prolongeait. Debout à côté d'elle je lui tenais la main afin de l'accompagner jusqu'au bout de son chemin. Je priais de toute mon âme et lisais le verset de l'évangile où Jésus ressuscite une enfant de dix ans. Je lui demandais de garder la vie de ma petite fille, pourquoi pas elle, mon Dieu !

J'étais désespérément seule, impuissante devant cette petite vie qui s'envolait, écoutant le souffle de plus en plus irrégulier de mon enfant qui luttait. Et puis, plus rien… si, encore deux ou trois fois le souffle d'un oiseau dans lequel je voulais espérer encore… encore. Ma Colette !

Je sonnai. Rien. Ce devait être le changement avec le service de nuit.

Alors, comme pour Riri, j'entrepris pour la deuxième fois la toilette des morts pour Colette. Je sonnais encore. Personne.

Je me mis en devoir d'habiller la petite avec la robe blanche de sa communion. Elle était toute douce et molle, c'était difficile. Je lui mis dans les mains les pivoines blanches de Mémé Elia et Catherine contre elle.

J'attendis en priant, c'était mon seul refuge, tout en rangeant les habits de la poupée et quelques affaires. L'infirmier, l'ami des Carmausins entra. Il me dit que je n'aurais pas dû habiller la petite pour la transporter en ambulance à cause des contrôles routiers.

« Enfin, tant pis ! »

Il s'occupa des papiers et demanda l'ambulance. Il était très dévoué pour nous.

Nous quittions l'hôpital des enfants vers vingt-deux heures. L'ambulance me déposa à l'hôtel Cours de l'Argonne. Madame Cadars fis ma note les yeux pleins de larmes. Je chargeai ma valise et nous prîmes le chemin du retour pour Carmaux. Le chauffeur ne voulut pas que je reste derrière avec la petite, selon mon désir, à cause des contrôles.

Cinq heures de route. Dans la grande côte de la Grésigne où il y avait un très grand virage en épingle, je dis au chauffeur de prendre garde, un peu trop tard, il fit une embardée et s'arrêta. Je me précipitais pour voir si Colette n'était pas tombée. Non. Heureusement, il me semblait qu'elle aurait pu encore se faire mal.

Le jour se levait quand nous sommes arrivés. Je désirai prendre Colette dans mes bras pour la monter une dernière fois à la maison, mais le chauffeur ne le voulut pas. Je me sentis encore frustrée. Il n'accepta pas de se reposer et repartit après un bon café. Il ne voulut pas déjeuner.

Maman et François qui avaient été avertis nous attendaient. Je voulais que l'on mette Colette sur son lit, mais l'on me dit que la chambre du fond avait été préparée par la voisine du rez-de-chaussée. Je m'insurgeai, mais il n'y eut rien à faire pour me donner raison. Je ne voulus pas aller me coucher. Je déjeunai un peu.

Tata Marcelle arriva. Avec Maman elles allèrent s'asseoir au pied du lit, dans la chambre où était Colette. Je les entendais parler de plus en plus fort de choses et d'autres ; elles me dérangeaient. Habituée que j'étais depuis un mois et demi à être dans le silence absolu, ce bavardage me choquait.

Je leur dis de me laisser seule avec la petite, que je la garderai en dormant à côté d'elle. Elles furent interloquées, mais partirent sur mon insistance. Je me fermai à clef dans la chambre pour ne pas être dérangée et m'allongeai à côté de ma petite Colette, sachant bien que c'était pour la dernière fois. Je posai mon bras sur elle… encore dans un état second, fermant les yeux sans pouvoir dormir. On frappa à la porte, on s'inquiétait, mais je leur dis que tout allait bien.

Commença ensuite le défilé des voisins, des amis. C'est bon de sentir leur amitié, mais c'est si pénible quand on n'a besoin que de paix et de silence. Obligations traditionnelles. Politesse aussi.

Je trouve qu'actuellement il est mieux que l'on inscrive : " *Pas de visite* ". Il est tellement fastidieux et pénible de répéter sans cesse le cours des évènements passés. La discrétion est si précieuse !

La famille arriva. La grande question fut posée : « Et Françoise ? »

De l'avis général, il ne fallait pas qu'elle voie sa sœur morte. Cela risquait de la poursuivre toute sa vie ! Je m'insurgeai une fois de plus. Cela faisait partie des choses de la vie. J'étais sûre qu'elle comprendrait. Mais là encore, il n'y eut rien à faire. Autre question : il fallait aller à l'école de La Tour avertir la mère supérieure et voir Françoise pour « *le lui dire quand même !* ». Personne ne se porta volontaire pour venir avec moi. Ma cousine Paulette, venue de Gaillac, décida, hésitante, de m'accompagner.

Nous arrivions devant l'école quand soudain Paulette me dit, posant la main sur sa poitrine :
« Ma pauvre Elise, c'est plus fort que moi, mais je ne peux pas te suivre ! »

Je ne compris pas cette attitude d'abandon au dernier moment. Cela me fit un grand vide dans le cœur.

« Allez, courage Elise, tu dois y aller, Françoise a besoin de toi, sa maman », me gourmandai-je.

Je traversai la rue, sonnai. On appela la directrice, sœur Hélène. Elle comprit en me voyant et m'embrassa. Elle me fit entrer dans son bureau, me laissant seule. Elle était partie chercher Françoise

La religieuse revint, poussa doucement Françoise vers moi et referma la porte.

« Maman, Maman, tu m'emmènes Colette ? »

Françoise, fougueuse, enthousiaste, me sautait dans les bras, pleine de vie. Cela me surprit tellement, en contraste avec Colette qui ne bougeait pas dans son petit lit depuis un mois et demi. Il faut croire que la grâce est donnée à certains moments de la vie. J'eus comme un vertige. Une incertitude.

Il me fallait pourtant répondre à cette enfant qui attendait ce que je ne pouvais lui confirmer. Sans avoir préparé une réponse, je m'entendis lui dire :

« Voilà, Françoise. Pour ce que tu me demandes, c'est toi qui dois me donner la réponse. J'ai parlé à Jésus. Il m'a dit que si nous gardions Colette, elle aurait toujours mal à la tête, mais que si nous la lui donnions, elle ne souffrirait plus. Qu'est-ce que tu décides ?

- Oh Maman, il faut la donner à Jésus !

- Tu sais Françoise, nous ne la reverrons plus. Il ne faudra plus la demander.

- Oh non, Maman puisque Colette ne souffrira plus ! »

La porte s'ouvrit alors, donnant passage à la

religieuse en larmes vers laquelle Françoise se précipita, toute joyeuse en lui disant :

« Je suis si contente, ma sœur !

La sœur me regarda stupéfaite en essuyant ses larmes.

- Et pourquoi es-tu si contente, mon petit ?

- Parce que nous avons donné Colette à Jésus et qu'avec Lui, elle ne souffrira plus !

- Alors je suis très contente aussi, répondit la religieuse en essuyant ses yeux.

Elle me dit :

- C'est incroyable ! »

Je dis à Françoise que mon amie Eliette Fabre viendrait la chercher pour jouer avec sa fille, qu'ensuite je la reprendrai à la maison.

Dans la rue, je retrouvai ma cousine qui s'excusait encore. Elle n'aurait pas pu affronter cette épreuve. Je lui en voulais tout de même un peu de cette promesse non tenue, de cette façon de se préserver, elle. J'en tirais la leçon que dans la vie il ne faut pas se croire nécessaire pour ensuite s'arrêter au pied du mur. Mais était-ce critiquable ?

Le lendemain était le jour des obsèques de notre fillette. Je demandais à François de garder la plus grande dignité. L'église était pleine. La classe de Colette était là. J'étais assise à côté du petit cercueil et j'imaginais Colette en train de chanter de sa voix si fine et si juste : " *Le Seigneur est Saint* ". Je n'avais pas osé le demander au prêtre qui en fut navré lorsque je le lui avouais plus tard. Trois religieuses vinrent au cimetière. Les compagnes de Colette étaient reparties à l'école, pour ne pas trop manquer leur cours certainement, ou pour les préserver du spectacle de la mise en terre, trop dur pour des petites filles que cela aurait pu traumatiser.

La tombe de Colette était creusée à l'emplacement où était Henri, notre petit garçon, dont il ne restait pas grand-chose, crut bon d'ajouter à ce moment-là le fossoyeur inconscient de ses paroles. Le cercueil de notre fille fut descendu en terre, mais le fossoyeur n'avait pas creusé assez de longueur. On dut remonter Colette et la déposer au sol pendant que le fossoyeur creusait encore.

J'entendis alors la réflexion d'une religieuse :

« Elle ne veut pas y aller ! »

Si les gens savaient seulement se taire, respecter ! Ces paroles font leur chemin. Je me reportais dix ans en arrière quand Mémé Justine dit en voyant les yeux ouverts de notre petit garçon : « Il en appelle un autre. ». Qu'allait-il nous arriver encore !

Lorsque je demandais au fossoyeur comment le régler, il me répondit qu'un litre de gnole lui suffirait pour se désinfecter dans son travail ; cela m'étonna beaucoup, mais je sus plus tard que c'était surtout son gosier qui en était friand.

Il y a comme cela dans des moments insolites de la vie, des choses qui vous surprennent.

Le samedi soir, Françoise revint pour dormir à la maison. Elle était pleine de vie et de joie. Elle restait sur son bonheur d'avoir confié Colette à Jésus. De très bonne heure, le dimanche, elle vint nous rejoindre au lit. Assise entre son Papa et moi, elle nous racontait ses jeux avec le fils et la fille d'Eliette. Puis sans transition, elle me relata le rêve qu'elle avait fait dans la nuit. Elle rayonnait de plaisir en le contant avec force détails : « Maman, cette nuit j'ai rêvé de Colette. Elle venait me voir. Elle était assise au volant d'une voiture de sport rouge qui n'avait pas de toit, tu sais, comme à la télé. C'est elle qui conduisait, et derrière elle, il y avait la Sainte Vierge. Elles descendaient du ciel à toute vitesse pour venir à ma rencontre. Le voile blanc de Marie volait dans le vent au-dessus du coffre de la voiture. C'était joli ! Et nous étions contentes, il faisait soleil et le ciel était tout bleu ! Que c'était bien !

- Et qu'est-ce que vous faisiez ?

- Rien, on volait et on chantait. C'était bien, on riait. Rien d'autre. »

Je ne pus m'empêcher de revivre mon cauchemar de Bordeaux, quelques jours avant le décès de Colette. Je revécus aussi la façon dont j'avais annoncé cette séparation à Françoise. Alors commença en moi le début d'une consolation que le temps et la foi seuls étaient censés me porter. Dieu pouvait-Il parler au travers du rêve d'un enfant ?

Françoise eut pendant plusieurs mois ce rêve qui revenait de façon récurrente. Chaque fois, elle m'en parla, car il était pour elle et pour moi comme un réconfort.

Retour à la maison et vente de l'épicerie

Françoise apprit qu'il y avait eu l'enterrement de Colette. J'étais très malheureuse quand elle me reprocha « qu'elle avait été la seule à ne pas avoir vu Colette morte ». Cela me fit un mal terrible d'être encore passée par la volonté des autres. Je me jurai alors que désormais je n'écouterai personne dans les décisions que j'aurais à prendre dans ma vie.

La maison me parut bien grande et vide sans la présence de ma petite Colette. Malgré moi, pendant bien longtemps, je mettais un couvert de trop que je n'avais pas le courage d'enlever. Je pensais : « C'est le couvert du pauvre ». Le dimanche matin, c'était pareil pour le linge de rechange ; gestes automatiques : deux robes, deux gilets... Je poussais un soupir avec ma vue qui se brouillait soudain. Des choses semblables qui font le quotidien se renouvelaient ainsi, souvent machinalement.

Mais le plus dur fut de remettre Françoise à l'école, dans sa pension. « Pourquoi ne pas rester à la maison pour m'occuper de ma petite ? » Je dis à François qu'il nous fallait revendre l'épicerie, m'appuyant sur le fait, également, que les supermarchés allaient nous dévorer.

Quand je revins au magasin, le surlendemain, je sentis le regard de pitié de mes clientes. Peu à peu, je pris sur moi pour leur parler de Colette, elles n'osaient pas mais je ressentais leur désir. Elles étaient gentilles. Les évènements expliqués et reçus avec le cœur, nous eûmes des comportements de mamans qui comprennent la souffrance de l'autre. Tout rentra dans l'ordre des choses.

Il m'arrivait de me livrer à certaines de mes clientes, et notamment à une dame qui m'avait confié son envie d'avoir un emploi comme le mien, pour avoir son indépendance : son mari était invivable.

Je lui expliquais mon travail et pourquoi je voulais le quitter. Elle s'y prépara en passant son permis de conduire afin de pouvoir faire le marché de gros tous les deux jours. C'était une femme vaillante bien qu'un peu vulgaire dans sa façon de parler, mais je ne pouvais rien à cela.

Elle ne possédait que peu d'argent. Je lui proposais un prêt garanti sur sa maison qu'elle refusa. Un de ses amis lui fit un prêt et je lui en consentis un autre de vingt mille francs, à me rembourser progressivement chaque mois, avec le stock. Je prenais de très gros risques, mais je voulais en finir. D'ailleurs, trouverais-je un autre acquéreur ? La vente fut signée par devant Maître Souillard de Monestiès. Le mari de cette dame n'avait pas l'air très satisfait. Mais l'affaire fut conclue. Elle me remboursa pendant deux ou trois mois. Je lui achetais mes besoins journaliers que je déduisais à mesure. Puis elle se plaignit que les affaires n'allaient pas très bien. Un an après, une ancienne cliente me dit : « Cette femme est faite pour le commerce comme moi pour devenir archevêque. »

A la maison, la vie avait repris son cours avec un François qui recommençait ses comédies coléreuses. Cela m'excédait. Il me disait à tout moment : « Pauvre femme, je crois que tu es folle ! » Si bien qu'un jour, je partis chez le docteur M. de la mine pour le lui dire : « Faites-moi enfermer, Docteur, il sera content que l'on me soigne et peut-être cela ira-t-il mieux ensuite !

- Mais vous n'y pensez pas ma pauvre petite, c'est lui qui est malade !

- Vous vous en étiez aperçu ?

- Il y a longtemps !

- Alors soignez-le, lui, une bonne fois pour toutes !

- Je ne peux pas le faire hospitaliser.

- Faut-il attendre qu'il me tue pour le faire ?

- Hélas oui, c'est la loi !

- Mais c'est incroyable, c'est monstrueux !

- C'est comme cela, ma pauvre, la loi est ainsi faite, nous n'y pouvons rien ! »

Je repartis révoltée de cette visite, de ce gouvernement qui ne faisait rien avec ses lois, qui fermait les yeux pour protéger les hommes et non les femmes et les enfants.

Le temps passait.

Un jour, François arriva du travail vers quatorze heures, il était du poste du matin. Il m'annonçait triomphant qu'il avait trouvé un moyen de gagner de l'argent : « Je t'emmènerai un type à la maison pour faire son affaire ! »

Mon sang ne fit qu'un tour. Rouge de fureur, je lui conseillai de le faire, mais que s'il ne savait pas ce que c'était un rouleau à pâtisserie, je saurai bien m'en servir, qu'il était indigne de parler comme cela à sa propre femme et que je répéterai ses propos à sa mère, qu'elle saurait bien lui faire la leçon. Il ricana un peu, mais il ne fut plus jamais question de cela. J'en avais assez de son esprit pervers.

Un jour, on frappa à ma porte. J'ouvris à un monsieur qui se présenta de la part de Madame Carcenac, mon ancienne employée de l'épicerie. Je le fis entrer. Après s'être présenté il en vint au but de sa visite : il allait très prochainement ouvrir un magasin de chaussures à Carmaux et il recherchait une personne sérieuse ayant déjà la pratique du commerce. Madame Carcenac lui avait parlé de moi ; si j'acceptais il en serait très heureux. Il avait connu cette dame dans un magasin de fournitures où il se servait. Il l'aurait bien prise, elle, parce qu'il la connaissait comme une employée sérieuse, mais elle avait décidé de rester désormais à la maison.

« Vous me prenez un peu à dépourvu, lui dis-je. Je voulais moi-même rester chez moi depuis la mort de ma fille, mais de me retrouver ainsi seule, sans le contact des gens et avec la seule présence de mon mari, je vous avoue que cela me pèse beaucoup. J'ai besoin d'air, mais il faut tout de même que j'en parle à mon époux. »

Ce monsieur devait revenir quelques jours après. J'en parlai donc à François qui commença à pousser les hauts cris. Je lui dis que cela nous apporterait de l'eau au moulin. Puisque la petite restait à la cantine, le soir il serait là en attendant que j'arrive à dix-neuf heures.

Quand monsieur G. revint deux jours après, je lui demandai ses conditions. J'aurais presque le même salaire que mon mari. Ce monsieur avait un camion-magasin pour faire les marchés, je n'aurais qu'à aller le rejoindre à Rodez le samedi suivant afin qu'il m'initie un peu à la vente des chaussures, ce que j'acceptais.

François ronchonna bien pour ce déplacement, en me disant que ça commençait bien. Je tins ma parole et fis mes premières armes à la foire de Rodez, comme foraine. Le patron m'offrit le restaurant à midi.

A mon retour, François m'assura que c'était la dernière fois « que je faisais la foire », propos pleins de sous-entendus qui me déplaisaient fort.

Je suis sûre qu'il redoutait surtout la liberté que j'étais en train d'acquérir, ma liberté de femme, en m'éloignant de son emprise.

Au magasin de chaussures

C'était en septembre. J'arrivai à l'heure dite rue Jean Jaurès où se situait le magasin de chaussures, flambant neuf après restauration.

Mon nouveau patron était déjà là avec Colette, son employée de Decazeville où il avait un autre magasin. Je les aidais à décharger les boîtes de chaussures empilées dans la voiture. Colette et le patron les mirent en rayon par catégorie, m'indiquant le nom des modèles, les pointures, rayons hommes, rayons femmes, tous ces rangements nécessaires pour faciliter la vente et la gestion du commerce. Cela me plaisait beaucoup : vente propre qui me changeait tellement de la vente des légumes où il faut trier, laver, jeter…

Le premier jour, j'observais beaucoup la façon de vendre de Colette et du patron, lorsque se présentèrent les premiers clients. Le lendemain, le patron revint.

Je me retrouvais seule par la suite devant mes responsabilités.

Colette avait fait un splendide étalage, très riche en modèles divers, qui surpassait en présentation bien d'autres vitrines qui nous imitèrent par la suite, rangeant mieux que traditionnellement leurs modèles.

Beaucoup de clientes de l'épicerie vinrent me rendre visite. Monsieur G. fit de la publicité dans le journal, si bien que le chiffre d'affaire grimpa très rapidement. Colette vint alors me seconder le vendredi, jour de marché. En trois mois j'avais triplé le chiffre d'affaire et j'avais beaucoup de travail certains jours, trop ! Je le dis à monsieur G. Il s'en rendit compte et se mit en quête de me trouver une employée afin de m'aider le vendredi jour de marché, les jours de foire et les veilles de fêtes. J'avais à cœur de bien tenir le magasin, d'autant plus que François me disait que je ne m'en sortirais pas car je ne connaissais rien à la vente des chaussures. Il ricanait.

A la maison, il devenait de plus en plus sinistre. Je m'aperçus un jour que le niveau de la bouteille d'apéritif avait nettement baissé. Cela m'étonna car mon mari était sobre. Des voisins me dirent qu'à la mine il se couchait sous une table recouverte jusqu'au sol d'une sorte de couverture en jute. Je lui rapportais ce que j'avais entendu et il me répondit qu'il faisait la sieste. J'étais navrée. Où allions-nous ?

Un jour il décida d'être hospitalisé au Bon Sauveur, le grand hôpital psychiatrique de la région. Il voulait que je l'y emmène.

« Je t'avertis, je t'y descends, mais tu te débrouilleras pour te faire inscrire.

- C'est ce qu'on va voir, me répondit-il. »

Quand l'assistante sociale me demanda de signer la prise en charge, je lui répondis que c'était un placement libre. Elle comprit et ne fit aucune objection.

Françoise devait aller en colonie de vacances à l'océan, avec le Comité d'Entreprise des Mines. Je l'emmenai donc à l'autobus qui devait la prendre avec d'autres enfants de la mine. Au moment du départ, des mamans se mettaient à pleurer.

Je me tournais vers elles et leur dit tout naturellement : « Voyons les mamans, quelle image donnez-vous à vos enfants qui s'en vont pour s'amuser et prendre le bon air ! Au lieu de pleurer, vous feriez tellement mieux de leur sourire. On ne vous les prend pas au cimetière non ? »

Je faisais de grands gestes joyeux à Françoise qui m'envoyait des baisers malgré l'angoisse que je lui devinai. Certaines mamans, connaissant mon drame me dirent : « Vous avez raison, Madame. » Et elles firent de grands au revoir joyeux alors que l'autobus démarrait. Bien sûr que j'avais le cœur gros moi aussi !

Ce matin-là je revins dans une maison bien vide.

Heureusement que Françoise était partie en colonie de vacances. Un soir, revenant de mon travail, je trouvai un mot du service des Mines dans ma boîte aux lettres : je devais prendre contact immédiatement avec le docteur M. Comme il était tard, je me rendis à son domicile alors que Tata Marcelle et Tonton Georges venaient pour passer la soirée avec moi.

Je leur dis de m'attendre à la maison.

Quand j'arrivais en Solex chez le docteur, sa femme me fit attendre dehors au moins trois quart d'heure, « le docteur finissait de souper ». Je me faisais beaucoup de souci sur ce trottoir. Je pensais que mon oncle et ma tante devaient s'en faire aussi. Enfin le docteur me reçut pour me dire que mon mari avait fait un délirium et avait été dirigé sur Toulouse à Balma.

Ma tante Marcelle essaya de me consoler : « Ma pauvre fille, rien ne te sera épargné ! »

La soirée ne fut pas des plus gaies. Ils essayèrent de me remonter le moral accompagné de toute leur affection.

Le dimanche matin suivant, mon beau-frère Nanan me prit en voiture à Balma. Tout d'abord les religieuses me répondirent que mon mari n'était pas visible. L'une d'elle me confia qu'une sœur voulant aller lui faire une piqûre, il lui plaqua le pied contre le ventre et l'envoya valser contre le mur où elle s'écroula.

Enfin, la religieuse consentit à me laisser entrer dans la chambre avec Nanan, mais il avait une si mauvaise tête et un si mauvais regard que la sœur me recommanda d'abréger la visite.

En repartant, nous ne savions trop qu'en penser. Nanan me dit que la religieuse avait raison. Il était préférable de ne pas y revenir tant qu'il n'irait pas mieux.

Je laissais filer les jours. Heureusement que je travaillais. Fatiguée physiquement et moralement, je perdais le goût de faire les repas. J'écrivais souvent à Françoise.

Un matin, au magasin, arriva une assistante sociale de la Mine. Mon sang ne fit qu'un tour, elle devait m'apporter de mauvaises nouvelles. Je devais avoir une mauvaise physionomie, car elle leva les deux mains en s'écriant : « Surtout soyez rassurée, je ne vous apporte pas des nouvelles dramatiques. C'est bien de votre fille qu'il s'agit, mais elle va bien. On l'a transportée à Bayonne pour l'opérer de l'appendicite. Je venais vous aviser que nous la rapatrions sur Carmaux demain matin. L'ambulance part ce soir pour aller la chercher. »

Elle accéda à mon désir de partir avec l'ambulance. Elle comprit mon inquiétude, sachant que j'avais perdu Colette. C'est elle aussi qui était venue me rendre visite après le décès de Riri, car elle était chargée de mon secteur.

Je téléphonai donc au patron qui me demanda de faire le nécessaire pour me faire remplacer par Madame M., l'employée qui me secondait le vendredi. Le soir même, après avoir acheté une jolie robe de chambre blanche avec des petites roses, je partais avec l'ambulance pour Bayonne. Je retrouvai Françoise contente de me revoir. Elle allait bien. La robe de chambre -sa première !, l'enthousiasma. Je dormis sur un lit de camp à côté d'elle.

Le lendemain matin, le chirurgien me reprochait presque d'être venue. Puis il remarqua que j'avais un cahier devant moi sur la table, devinant mon journal intime. Entre deux portes, je lui parlai de Colette. Il se radoucit, comprenant ma situation.

Certains noms de villes n'évoquent pas pour moi du tourisme, mais des hôpitaux et des visages.

Françoise fut emmenée le lendemain matin dans l'ambulance de la mine. Elle fut prise en charge par la clinique Sainte Barbe dès notre arrivée à Carmaux où nous étions attendues.

François étant revenu au Bon Sauveur. Je voulus lui emmener la petite lorsqu'elle fut rétablie. La visite fut assez pénible et l'infirmier me dit qu'il valait mieux que je ne ramène pas l'enfant parce que c'était mauvais pour elle. Je suivis ce sage conseil. Mais l'état de mon mari m'inquiétait.

Le temps passant, François revint à la maison. Il avait été mis en longue maladie et y resta.

Le patron de la boutique fit imprimer des prospectus au printemps, pour les nouvelles collections. Il cherchait quelqu'un pour les distribuer chez les particuliers. Je le dis à François qui se proposa spontanément pour faire ce travail rémunéré, la distribution devant être faite sérieusement, en service de nuit. Le patron me confia tous ces documents et repartit à Decazeville.

Quand j'arrivai à la maison, sacoches et sacs pleins de tous ces papiers, François décréta qu'il avait décidé de ne plus faire la distribution et me dit :

« Tu crois que je vais me crever la paillasse pour ton patron et pour cinquante francs ?

- Tu ne vas pas me faire ça, le patron compte

sur ta parole !

- C'est comme ça ! »

J'étais atterrée. Je rentrai si fatiguée après une journée à refaire l'étalage. Quelle solution ? Je soupais rapidement et repris mon Solex pour aller faire la distribution dans tous les quartiers indiqués par le patron. Je fis cela très consciencieusement jusqu'après minuit passé. J'étais harassée, mais contente d'avoir tenu ma parole.

Je voyais mon mari tourner en rond. Il ne me parlait que de "*ses copains* " du Bon Sauveur, d'un notamment qui lui conseillait de jouer au fou, que s'il réussissait à faire ses trois ans " *là-dedans* ", il aurait une pension d'invalidité. Je lui disais qu'il déraisonnait, que la vie n'était pas cela et qu'il avait une fille à respecter, pour son avenir. S'il s'amusait à ce jeu-là, il n'aurait plus de femme. « Je m'en fous ! » me répondit-il.

Et il repartit au Bon Sauveur.

Il revenait le week-end. Je m'aperçus un jour qu'il avait pris mes économies.
Je sus bien plus tard qu'il s'était acheté une mobylette pour se promener.

J'aurais préféré qu'il ne revienne pas. C'était trop dur à porter.

Les fêtes de Noël et du Nouvel An avaient été particulièrement dures. Le magasin était plein de monde, au point que je demandai leur pointure aux clientes, leur déballai plusieurs modèles qu'elles essayaient seules afin que je puisse satisfaire à toutes les demandes.

Je fermai la boutique plus de demi-heure en retard, laissant le sol jonché de chaussures que je me promettai de venir ranger le lendemain matin qui était jour férié. De plus, je savais que François serait en vacances à la maison.

Je ne fus pas sourde en arrivant : « Qu'est-ce que tu traînes à cette heure-là dans les rues ? Je me doute bien de ce que tu dois faire quand je ne suis pas là… »

Je repartis tout ranger le lendemain matin. J'étais très fatiguée et découragée.

Quand je revis le patron, je lui dis que c'était trop de travail pour ce salaire, que je demandais une augmentation ou que je partais. Il voulait consulter sa femme. Ils m'accordèrent cinquante francs de plus, ce qui me faisait un salaire égal à celui de mon mari avant qu'il ne tombe malade, car le fait de ne pas travailler lui faisait perdre beaucoup d'avantages, et ce plus nous aiderait bien.

Quand il revint la semaine suivante et que je lui annonçai cette bonne nouvelle, je pensais qu'il en serait bien content. Eh bien, non ! Il en fut jaloux !

La communion solennelle

Arriva le mois de juin, avec la communion solennelle de Françoise et Jean-Pierre, mon neveu. Pour limiter les frais, on avait décidé que les deux enfants feraient leur communion ensemble à Gaillac. Je dis à François de demander une permission pour accompagner Françoise et être en famille. Il refusa tout net.

Jeanine et Nanan avait invité Michel leur ami en tant que parrain de Dédé, leur deuxième fils. Il devait venir avec son épouse. Des années après, je reverrais donc Michel mon premier amoureux. Nostalgie ! Michel avait été mon premier véritable amour de jeunesse. Une grande amitié nous liait mais aussi une affection profonde et durable.Nous partagions de très forts sentiments. Lorsqu'il était allé au service militaire en Algérie, nous avions échangé une correspondance amoureuse assidue. A son retour de l'armée, nous avons échangé des promesses de fidélité pour l'éternité, des serments solennels et éperdus. Dans notre coeur, déjà, nous étions mariés devant Dieu. Nous étions heureux et seuls au monde. Mais un jour il m'avoua qu'il était un fils naturel. Pour moi, ce n'était pas un problème, mais il me fallut le dire à mes parents. Pour eux, cette idylle était terminée : je ne pouvais pas me marier avec un batard. Allez savoir qui pouvait être son père. Non! Pas question qu'une fille Cévennes épouse Michel ! J'avais dû obéir, me plier à la volonté de mes parents. Adieu l'Amour, adieu, mes rêves, mon bonheur! Je devais voguer vers un autre avenir, un autre rêve...

Mais voilà que plus de vingt ans plus tard, Michel revenait à moi. Avait-il gardé la nostalgie de ces jours heureux passés dans l'attente de lendemains enchanteurs? Avait-il encore, comme moi, cette petite graine d'amour et de mélancolie intacte au fond du coeur?*

J'avais prévu de rendre visite à François l'après-midi de ce dimanche. Je quitterais le repas de fête pour me rendre à l'hôpital. Papa me dit que c'était sûrement inutile, mais je considérais que c'était mon devoir.

Le grand jour arriva. Les enfants étaient heureux. La cérémonie se déroulait à l'église Saint Michel à Gaillac. Ce fut un scandale pour tante Antoinette, la tante de Nanan. C'était une institutrice à la retraite, très stricte, de la vieille école. Deux prêtres, frères jumeaux, célébraient la messe. Ils accompagnèrent les cantiques avec leurs guitares. Cette nouveauté sema la révolution dans la ville !

« Chanter avec une guitare dans une église ! Mais vous vous rendez compte ! Bientôt, on y dansera ! »

Le repas de fête se fit au restaurant à Cadalen à

 Voir tome II, "Jours heureux"

quelques kilomètres de Gaillac. On nous servit un canard à l'orange dont je me souviens encore. Quel délice !

A table, je me trouvais à côté de Michel qui était tout seul. Sa femme n'était pas venue, retenue par des obligations professionnelles. Comme nous étions heureux de nous retrouver tous les deux ! Que de choses nous avions à nous dire !

« Il paraît que tu n'es pas heureuse Lili ?

- Non, pas du tout. Et toi Michou ?

- Je ne suis pas malheureux ! »

Il ne me dit pas qu'il était heureux.

Le repas à peine terminé, je m'éclipsai, laissant Françoise jouer avec Jean-Pierre. Je partis pour Albi voir François au Bon Sauveur. J'attendis un bon moment dans la rotonde avant que François arrive, accompagné de deux infirmiers, dont celui qui nous connaissait. Ils restèrent présents dans un coin.

François vint s'asseoir en face de moi, la mine renfrognée : « Tu pouvais bien rester là-bas, j'aurais fait sans toi. Tu peux y repartir. »

J'essayais de lui raconter la cérémonie, il s'en moquait aussi.

« Et tu peux bien y repartir va, il doit te tarder de le rejoindre ! »

J'avais honte pour l'entourage qui pouvait entendre sa colère et ses propos. Il devenait tout rouge et je me demandai s'il n'allait pas me frapper. De son coin, discrètement, l'infirmier me fit un signe de la tête vers la sortie et partit. Je compris qu'il voulait me dire quelque chose, je sortis, feignant d'aller aux toilettes. Il me persuada, de ne pas prolonger cet entretien car François était dans une période très agitée. C'est pourquoi, avec son collègue ils avaient préféré rester à proximité.

Je dis à François que je devais repartir chercher la petite pour la ramener à la maison. Il me cria méchamment : « Va le rejoindre va ! »

Il suivit les infirmiers sans se retourner, sans le moindre geste affectueux.

En repartant, je regrettais vraiment d'être venue.

Dès mon retour à Cadalen, mes parents virent bien ma révolte.

Michel me proposa de faire un tour dans la belle voiture qu'on lui avait confiée pour l'essayer. Aussitôt ma sœur se proposa de monter avec nous. J'eus le net sentiment qu'elle voulait me chaperonner. Michel me jeta un regard en coin, un peu déçu. Je l'étais aussi.

Pendant mon absence, il avait pris des photos de Françoise et m'affirma qu'il y en avait une qui serait particulièrement réussie. Mais ensuite il prêta son appareil à la petite qui le lui détraqua. Je lui proposais de lui régler la réparation, ce qui le fit sourire.

Quand ce fut le moment des adieux, il me serra très fort contre lui et me tint la main. Quand il embrassa Papa, il lui tapota plusieurs fois l'épaule. Dialogue muet d'un homme qui s'exprime douloureusement. Papa se gratta le gosier.

Je le regardai tant que je le pus dans le rétroviseur en m'éloignant, et lui aussi me fit signe de la main, jusqu'au bout.

Je regrettais les heures perdues inutilement avec mon mari.

Le retour de Michel

A quelque temps de là, je reçus un coup de téléphone au magasin. Le patron venait de le faire installer pour la facilité des commandes. C'était Michel au bout du fil. Mon cœur se mit à battre très fort. Je retrouvais sa voix, comme autrefois. Il me disait l'émotion et le bonheur qu'il avait eus à me revoir toujours la même.

« Je ne suis plus belle à voir.

- Je ne te dis pas que tu es belle, mais que tu es jolie. Devine où je me trouve ?

- ???

- A Albi ! Tu es libre à midi ? Je t'attendrai au Bois-Redon sur la place, je t'invite à déjeuner. »

Le cœur me battait très fort, j'étais émue. Comment se faisait-il que Michel soit là ? Je ne pouvais refuser cette invitation.

Je travaillais en permanence chaussée d'escarpins. Je m'achetais une paire de ballerines dorées car je me rappelais très bien que Michel mesurait deux ou trois centimètres de moins que moi. Quelle importance, mais tout de même !

Je fermai la boutique à midi sonnante. J'enfourchai mon Solex et partis pour le Bois-Redon où Michel m'attendait devant le restaurant.

« J'ai choisi ce simple restaurant discret pour éviter les bavardages d'une petite ville. Si tu le veux bien, ce soir je t'emmènerai dîner à Albi à l'Hôtel du Vigan où je suis descendu. Ce sera mieux. Acceptes-tu de venir y manger après ton travail ? Je t'y prendrai en voiture. »

Le soir à dix-neuf heures je me rendis à son rendez-vous, laissant mon Solex au magasin. Françoise était en vacances à Béziers avec sa grand-mère et sa grand-tante.

Je n'avais encore jamais mangé dans un tel restaurant, servie comme une princesse. Comme il était bon de se retrouver en tête-à-tête. Il me regardait avec les mêmes grands yeux bleus du temps de mes seize ans ! Sa bouche, la même, souriante. Là nous parlâmes de travail, de choses et d'autres. C'était une conversation à bâton rompu.

Cette soirée de juillet était belle. Il m'invita à aller m'asseoir sur un banc du Jardin National. Et c'est là seulement que nos cœurs se livrèrent, avec tous les pourquoi.

Il m'avoua combien il avait été malheureux lors de ma lettre de rupture. Avais-je donc oublié la promesse de fidélité au fond de l'église pendant la messe ? Avais-je oublié nos deux initiales gravées, entrelacées, sur l'écorce du grand saule pleureur du parc de la Sérinié ?

« Ah, ma Lili, je t'ai souhaité tous les malheurs

du monde à ce moment-là ! Que les pires choses te tombent dessus !

- Et tout cela m'est arrivé, Michel. »

Il me prit dans ses bras en me demandant pardon, et nous pleurâmes tous les deux sur nos vies gâchées.

« Tu ne peux pas savoir, ma toujours chérie, le choc que j'ai eu en te revoyant à Gaillac, toujours la même, mais avec tant de tristesse au fond des yeux. Je savais que tu n'étais pas heureuse, mais pas à ce point ! Je regrettais profondément de t'avoir souhaité le pire ! »

Il me dit qu'après cette rupture, il avait quitté Mimizan. Il eut d'autres patrons pour se perfectionner encore. Il revint à Paris, et un soir…

« J'étais assis au théâtre ; et sais-tu qui vint s'installer juste à côté de moi ? Mon ancienne patronne de Mimizan. »

Nous essayions de parler doucement, les voisins faisaient « Chut !… Chut !… » Mais nous avons continué quand même.

Elle m'avoua qu'elle était très embêtée, avec beaucoup trop de travail pour elle seule, que si je le voulais, nous pourrions nous associer et même nous marier. J'en étais tout éberlué, mais après tout, pourquoi pas. J'étais tout seul, désabusé, qu'est-ce que je risquais ?

Trois semaines ou un mois après, le temps de publier les bans, nous étions mari et femme. Voilà mon mariage. Elle avait fréquenté un américain qui repartit aux USA pour régler ses affaires. Il ne revint jamais. »

Je repensai alors à ce qu'il m'avait dit à l'époque sur sa patronne de Mimizan : « Elle était petite comme une poupée ». Et j'en avais été jalouse. Il s'était alors récrié que ce n'était pas une femme comme elle qu'il épouserait... Destinée !

Il se souvenait que j'aimais chanter les airs d'opérettes autrefois, que j'aimais la musique. Il s'informa sur les disques que je préférais.

« Tu sais, Minou, j'en aime beaucoup encore, je n'ai pas changé dans ce domaine, mais je me contente de les écouter à la radio.

- Tu n'as pas de tourne-disque ?

- Mais non, mon mari a horreur de tout cela et j'évite de chanter quand il est là. Il dit que ça lui casse les oreilles. Il n'a jamais voulu un fauteuil dans la maison, car c'est un meuble de paresseux... Un jour, j'avais acheté un rideau pour sa chambre, il ne dormait pas avec moi. Le lendemain, quand j'allais faire son lit, je me suis aperçu qu'il avait fait trois nœuds très serrés, presque indéfaisables. Ah ce beau rideau ! J'en étais toute retournée.

- Ma pauvre Lili ! »

La soirée passait, assis sur notre banc, nous ne nous rendions pas compte du temps.

Lui aussi me raconta sa vie, sa femme qui ne pensait qu'au travail et ne voulait jamais sortir. Alors il s'était tourné vers le sport. Il allait souvent à Bordeaux faire du yoga. Il faisait partie d'un club de natation et partait parfois avec les équipes qui débouchaient les canaux reliant les petits lacs entre eux. Des courants de parfois trente kilomètres à l'heure les emportaient brusquement sous l'eau, c'était assez dangereux. Et il riait de me voir affolée.

Il me dit soudain :

« Que veux-tu faire : ou je te ramène à Carmaux ou je te garde avec moi à l'hôtel. Il se fait tard et demain tu travailles. Lorsque je t'aurai remontée à Carmaux, il me faut reprendre la route pour Mimizan. Tu décides absolument ce que tu veux, je n'impose rien ! »

Je restai un moment silencieuse. Je savais bien ce que je désirais de toute mon âme, mais je ne pouvais le lui dire, par pudeur. Il le comprenait bien aussi.

Nous nous sommes embrassés avec tout notre désespoir et notre désir. Sans rien dire, nous nous sommes levés en nous dirigeant vers l'hôtel. J'étais gênée, il me semblait que tout le monde nous regardait, alors qu'à cette heure tardive il n'y avait pratiquement plus personne dans les rues. A l'hôtel, je fuis le regard du veilleur de nuit qui devait bien se moquer du va et vient de la clientèle.

Devant la porte de sa chambre, il me fit promettre d'entrer en fermant les yeux, et de ne les ouvrir que lorsqu'il me le dirait. Je promis. Pourquoi cela ? J'étais intriguée. Il me tenait par la taille de son bras droit et avait sa main gauche dans la mienne, qu'il pressait tendrement.

« Ouvre les yeux, ma Lili. C'est pour toi. »

Aussitôt jaillit la lumière. Je restais en extase

devant un immense buisson de roses rouges posé sur une console. Je poussais un cri d'admiration et enfouis mon visage dans son cou. Nous restâmes un moment embrassés.

« Quelle folie, chéri !

- Rien n'est assez beau pour toi. Te rappelles-tu la première rose que j'avais volée pour toi en passant devant une clôture à Gaillac ? Je n'osais pas encore te faire la cour pour te dire que je t'aimais comme un fou.

- Je l'avais compris depuis longtemps quand tu me chantais : « Elle a seize ans, des yeux troublants, c'est un bouquet de jeunesse... ». Te souviens-tu, Minou ?

- Ah ! Je n'ai rien oublié du tout ! J'ai pensé à toi tous les jours de ma vie, à nos codes secrets, à l'alphabet que tu avais inventé pour nous deux, aux pétales de fleurs dans nos lettres, à ton parfum... Je t'avais maudite, mais je ne pouvais t'oublier, et tu es là, je me demande si je rêve. »

Nous nous retrouvions absolument comme autrefois. Je n'avais pris que mon sac à main pour descendre à Albi...

Et ce fut la merveilleuse nuit de noce que je n'avais pas connue. Enfin retrouvés, nous nous découvrions... Vingt ans après !

J'appréciais le téléphone qui lui permettait de m'appeler.

Dans la semaine qui suivit, le facteur m'apporta au magasin un colis personnel. Je découvris avec la plus grande émotion un tourne-disque et mes disques préférés, ainsi que des nouveautés. Je retrouvais la même délicatesse de mon amoureux d'autrefois.

Dans ma chambre, le soir, j'écoutais tous ces airs nouveaux et anciens, la Valse de l'Empereur qui me ravissait à seize ans, quand Michel la jouait à l'harmonica. Il m'avait appris à valser dans le petit bal en sous-sol, au café restaurant de la Place de la Vie. Quelle merveilleuse période où nous nous ouvrions à la vie et à l'amitié !

Quand François revint à la maison en permission, il me demanda, en voyant le tourne disque, qu'est-ce que c'était encore que cette " connerie ". Je mentis en lui disant qu'une dame me l'avait vendu d'occasion. Il marmonna entre ses dents, mais il ne manifesta pas plus.

Françoise était partie en colonie, à l'océan, avec sa copine d'école Marie-Odile. Je devais aller la voir un dimanche. On me donnait la permission de les inviter toutes les deux à midi et de passer la journée ensemble. Le patron m'accorda quelques jours de congés. Je l'annonçai à Michel au téléphone. Le lendemain il me dit qu'il s'était arrangé pour me trouver un hôtel et qu'il viendrait me voir. Il m'attendait pour me conduire à mon hôtel. Je le suivis en voiture dans la forêt de pins. Il conduisait comme un fou, j'avais du mal à le suivre, craignant un accident. Je ralentis, il réalisa sa vitesse et m'attendit. Nous avons dîné et continué la soirée ensemble.

Le lendemain, je passais la journée avec les petites. J'avais commandé un bon petit repas pour les gâter un peu. Nous mangions sur la terrasse. Au moment du fromage, la serveuse enleva la cloche du plateau qui exhala une très forte odeur qui dérangea Marie-Odile, au point qu'elle partit au galop pour soulager son estomac derrière un arbre.

« C'est bien dommage pour un si bon repas que je ne fais pas tous les jours !», dit-elle. Nous en avons plaisanté bien longtemps en nous rappelant ces souvenirs.

Je les ramenai à la colonie, contente de les voir si amies. Durant ce séjour, elles ne languirent pas.

Le soir Michel revint me voir, pour repartir le lendemain chez lui.

Durant la journée du lendemain, je pris des bains de soleil sous les pins, dans cette bonne odeur de résine que je respirais avec délice.

Le jour suivant, je regagnais Carmaux, le travail allait me reprendre.

Un jour, François vint à la maison avec ce fameux copain, mauvais conseilleur, du Bon Sauveur. Je pensais qu'il l'avait invité pour deux jours. Ils ne m'adressèrent même pas la parole, ni l'un, ni l'autre. François lui fit faire le tour de l'appartement et ils repartirent comme ils étaient venus. Malotrus ! Je n'y comprenais rien.

J'écoutais la musique de Michel, surtout Jean Ferrat, avec « La montagne ». Je ne regrettais rien. Au contraire, les heures merveilleuses passées ensemble m'aidaient à poursuivre ma route solitaire. Je lui écrivais en poste restante à Bordeaux. Il me téléphonait. Je culpabilisais aussi en me disant que je ne devais pas faire ombre à son couple, que cela ne nous mènerait à rien. Je le lui confiai. J'écrivis moins et il me dit sa déception d'être allé plusieurs fois au bureau de poste sans rien trouver. Il m'appela moins souvent et notre beau roman s'arrêta, sans heurt, tout doucement.

Ce fut notre histoire à nous, secrète, douce, sage.

Nous savions, chacun de notre côté, que nous nous aimerions toujours, « Au-delà des nuages, nous irons tous les deux », comme Michel me l'avait chanté tant de fois, à ses vingt ans, à mes seize ans.

Puis un jour, j'appris que Michel était parti au-delà des nuages… Ah, la vie !…

Il avait eu un malaise en voiture. Il séjourna très peu de temps à l'hôpital. Il s'éteignit doucement. Il restera à jamais image vivante dans mon cœur. Son souvenir réchauffe mes vieux jours.

Que devient-on après la vie ? La mort est-elle un éternel retour ?…

Psychiatrie

Lorsque François avait décidé de repartir au Bon Sauveur d'Albi de sa propre initiative. Il m'avait interdit de me servir de la voiture. Il l'avait laissée sur le trottoir, devant l'immeuble en me disant que si je voulais m'en servir quand même, il m'arriverait une catastrophe.

De la fenêtre, je l'avais vu trafiquer sous le capot et m'inquiétais de ce qu'il avait pu y faire.

Lorsqu'il fut parti, avant de me rendre au magasin, je passai chez le garagiste afin qu'il aille voir ce qu'avait manigancé mon mari. Je m'attendais au pire, n'osant lever le capot. Je lui recommandais de faire attention.

En sortant du travail, je repassai au garage. François avait tout simplement changé l'ordre des bougies afin que je ne puisse pas démarrer. Ouf ! J'étais soulagée ! Le garagiste, très compréhensif, ne voulut pas me faire payer.

L'hôpital psychiatrique du docteur Pinel à Lavaur

venait d'être terminé. François demanda à y être dirigé, ce qui fut accepté. Cela ne me facilitait pas les choses en raison du déplacement, du temps et de la fatigue supplémentaires que cela m'imposait pour aller le voir.

J'y emmenai Françoise une fois, puis j'y allais seule, sur le conseil et l'avis du médecin et des infirmiers qui me dirent que ce n'était pas bon pour elle.

Je fus convoquée par le professeur I. Il me confia qu'il ne pouvait pas arriver à bien cerner mon mari pour le soigner. Il était un cas particulièrement difficile. Il m'interrogea et me demanda comment j'avais pu vivre à côté de cet homme si longtemps. Je lui dis que j'écrivais mon journal intime, ne pouvant raconter ma vie misérable à qui que ce soit.

« C'est ce qui vous a sauvée, Madame. Vous avez fait toute seule votre psychothérapie. »

Il me pria de le lui confier, que lui seul le lirait, aux pages que je lui marquerais concernant mon mari. Cela l'aiderait beaucoup. J'étais gênée quand même. Mais puisque c'était pour l'aider à soigner François, j'acceptai.

Il me suggéra aussi de noter, à mesure que cela me viendrait en tête, tout ce qui m'avait perturbée dans le comportement de mon mari, afin qu'il puisse le cerner pour le soigner. Je devais lui ramener tout cela la semaine suivante.

Le jour du rendez-vous, avec le plus grand

étonnement, il vit que j'ouvrais la main gauche et que je sortais de sous mon alliance un petit rouleau de papier bien serré, écrit tout petit.

« Je vais vous le lire, Docteur, car c'est illisible.

- Non Madame, j'ai l'habitude. »

Je le lui tendis. En effet, il réussit à me déchiffrer. J'avais noté par quelques termes, afin que personne ne puisse comprendre, au cas où je perdrais ce papier. Il lisait les mots et me faisait développer chacun d'eux. La semaine suivante il me dit :

« Je comprends à présent, Madame. Vous avez été courageuse, mais solide aussi. D'autres n'auraient pas résisté. A présent je pourrai m'occuper de votre mari. Votre journal m'a beaucoup aidé. J'y ai trouvé aussi beaucoup de poésie et de force en vous-même. »

Un dimanche après-midi, lors d'une visite, l'assistante sociale me demanda d'aller la voir. Elle se rendait compte que François jouait la comédie. Il ne changerait jamais. Je lui dis mon intention de le quitter.

« Vous êtes seule juge, Madame. Il ne vaut pas la peine que vous fichiez votre vie en l'air. Hélas, j'ai vécu la même chose que vous. Dans ma position, je ne devrais pas vous le dire. Mais nous sommes sœurs de misère. »

J'avais apporté à François des gâteries. Il était indifférent. Il lui tardait d'aller voir ses copains. Je décidais donc de repartir pour reprendre Françoise que j'avais confiée à mes parents.

Je fis monter mon mari dans la voiture, jusqu'au portail d'entrée. Il descendit, sans m'embrasser, ses copains étaient là.

En démarrant, je le regardai dans le rétroviseur. En levant en arrière son pied gauche, il tapa de sa main droite sur son avant-bras gauche. Un beau bras d'honneur ! Cela voulait dire : « Allez, dégage !», ce qui fit rire ses copains. Mon cœur se serra très fort.

En descendant la côte qui allait vers Lavaur, j'arrêtai la voiture entre deux platanes et me couchai sur le volant pour pleurer, secouée par les sanglots. J'étais si fatiguée, si désespérée !

Le dimanche précédent, j'étais allée le voir avec Maman. Il nous raconta qu'on ne voulait plus le garder. Alors il avait suivi les bons conseils de « son pote ». Il avait joué au fou. Lorsque les employés lui apportèrent le repas dans sa chambre, il vit qu'il y avait de la purée. Une idée géniale lui traversa l'esprit. Il en prit une grosse cuillère à soupe et dit en projetant la purée par les murs :

« Ah ! Voilà les maçons, on va crépir les murs ! »

Et il continua son manège.

Ce qu'il désirait fut exécuté sur le champ. On le ceintura. Il fut mis en chambre de sécurité avec la camisole, durant une semaine. Cela ne le dérangeait pas du tout : il avait gagné ! Il en prenait pour six mois de plus ! C'était son but.

Il nous racontait cela en riant. J'avais honte. Maman nous regardait tour à tour sans rien dire.

J'étais tellement fatiguée que je m'allongeai sur son lit et m'endormis un moment. Je n'en pouvais plus de misère morale et de fatigue physique.

Nous sommes rentrées tristes et découragées. Ma pauvre Maman, quel spectacle j'avais eu à t'offrir ! Elle répétait sans cesse : « Ma pauvre fille ! »

Je comprenais que mon mari ne serait jamais récupérable. Il valait mieux que j'en finisse de cette situation et je me demandais si le divorce était une lâcheté ? Non ! Lui, il avait choisi sa vie, moi aussi j'avais le droit de choisir la mienne. Je voulais enfin VIVRE !

Dans les jours qui suivirent j'entrepris les démarches pour le divorce que j'obtins sans difficulté. Il m'acheta ma part de l'appartement des Cambous pour cinq mille francs, même pas une bouchée de pain. J'avais gagné ma liberté.

Maisons de retraite

Tenace, François arriva à son but : rester trois ans en milieu psychiatrique pour obtenir son invalidité. Il était content. Il se fit admettre en maison de retraite. Il avait quarante-quatre ans. Il alla tout d'abord à la maison de retraite de Carmaux, à " *L'Oustal* ".

I l avait acheté une voiture et prenait les petits vieux à Lourdes, en pèlerinage, en se faisant payer les frais de déplacement. Il ne perdait pas le nord, toujours calculateur...

Il fit la connaissance d'une dame, Arlette, malvoyante qui résidait à l'Oustal. Elle était à peine plus âgée que lui. Il s'occupait d'elle, l'amenait se promener au marché ou à la campagne. Ils se fréquentèrent.

D'un commun accord, ils partirent de la maison de retraite pour aller s'installer à l'appartement des Cambous, chez François. Tout allait bien.

Ils parlèrent mariage. Françoise me le répéta. Je lui suggérai : « Dis à cette dame, en toute amitié de ma part, qu'elle vive avec lui si c'est son choix, mais que surtout elle ne se marie pas avec lui, sinon elle deviendra " *sa chose* " et la vie qu'il m'a faite recommencera avec elle. »

Ma fille le lui répéta. Arlette s'anima en disant que nous n'étions que deux jalouses.

Ils se marièrent. Elle faisait partie d'une secte connue sur la région qui envoie ses adeptes faire du porte à porte régulièrement. Rapidement après le mariage, elle se fit opérer de la cataracte aux deux yeux et la vue lui revint.

Une année passa.

Françoise qui allait rendre visite à son père, me dit que sa femme nous demandait pardon à toutes les deux, se rendant compte à présent que c'était vraiment pour la sauver, elle, que je l'avais avertie et qu'elle ne m'avait pas écoutée.

Je dis à la petite : « Tu diras à cette dame que je lui pardonne de tout mon cœur. Je la comprends ».

Un jour, je reçus un coup de téléphone de Tata Marcelle, me disant que sur le journal de La Dépêche, la population était informée qu'il devait y avoir des transformations dans le cimetière de Bicoq à Carmaux, et notamment au coin des enfants : on pouvait se renseigner à la mairie de Carmaux. J'y allais donc et l'on me dit qu'effectivement j'étais concernée. J'avais trois solutions : ou bien laisser mes petits en place avec une route qui passerait là, ou les mettre à la fosse commune, ou enfin les transporter dans un caveau de famille ou d'amis. J'étais effondrée, le cœur au bord des yeux. Le percepteur vit ma détresse et me consola très humainement. J'avais du temps pour y réfléchir, rien ne pressait.

Je n'étais pas seule en cause, je devais avertir François.

Quand notre petit garçon était décédé, j'avais demandé à la famille si nous pourrions le mettre dans le caveau de Laval. Il m'avait été répondu qu'il n'y avait que trois places, dont deux réservées, que c'était donc impossible. Cela me fit très mal. « Un petit cercueil n'aurait gêné personne », pensais-je. Alors tant pis ! Nous avons mis notre bébé en terre, au carré des enfants. Nous n'avions pas les moyens de faire construire un caveau.

Lorsque Colette mourut à son tour, je ne demandai rien. Elle alla au-dessus de son petit frère.

Je parlai de cette nouvelle épreuve et de mon angoisse à ma tante Hélène. Où déménager mes petits ?

J'entendis avec surprise sa réponse : « Mais il n'y a aucun problème à cela Lisette. Nous te cédons notre place au caveau de Laval, nous avons décidé que nous irions au cimetière de Najac avec mes parents. »

Lorsque j'allais chez mes parents à Albi, ils me firent la même réponse, ils iraient dans le caveau de Mémé Justine. Je pouvais donc disposer de la place à Notre-Dame de Laval.

J'étais contente de pouvoir reprendre mes petits, de pouvoir leur redonner une sépulture décente, de ne pas les abandonner sous un chemin ou à la fosse commune. Mais en même temps, j'avais le cœur déchiré, comme au moment de l'enterrement de mes petits, de n'avoir pas reçu un oui spontané de la part de ma famille. Mais je n'avais pas à juger. Il y a des épreuves dans la vie qu'il faut savoir assumer.

Je pouvais désormais aller trouver François pour lui demander son avis pour nos enfants.

Je montais à Carmaux pour aller frapper à la porte de l'appartement que j'avais occupé avec mon mari et nos filles, durant neuf ans.

C'est sa nouvelle épouse qui m'ouvrit. Je lui demandai, sur le palier si je pourrais voir François, pour lui parler au sujet de nos enfants. Très aimablement elle m'invita à entrer. Elle me reçut dans la salle à manger qui était devenue un salon -et dire que François n'aimait pas les fauteuils qu'il nommait *" meubles de fainéants "*!, La pièce me parut beaucoup plus petite qu'autrefois. Elle me fit asseoir et alla chercher François qui était en train de manger. Lorsqu'il vint sur la porte, il tenait un morceau de pain d'une main et de l'autre, à la pointe du couteau, un morceau de viande. Il vociféra aussitôt :

« Si c'est pour venir chercher de l'argent, tu n'auras rien !

- Bonjour François. Ce n'est pas pour de l'argent que je suis là. Je viens simplement t'informer d'évènements au cimetière. »

Je lui fis part des renseignements que j'avais eus.

« Ça ne m'intéresse pas. Ça fait trois ans au moins que je n'ai pas mis les pieds au cimetière. Je m'en fous !

- Je voulais te l'annoncer quand même, que tu

ne cherches pas la tombe des petits si tu y allais.

- Je t'ai dit que je ne vais plus au cimetière !

- Mais enfin, je me devais de t'avertir, tu es concerné.

- En tous cas, tu n'auras pas un sou ! ».

Ce n'était pas du tout ce que j'étais venue chercher.

Sa femme prit la parole pour me faire remarquer que cela ne servirait à rien d'enlever les enfants. Je lui répondis que c'était une affaire qui ne concernait que nous deux.

François était reparti à la cuisine avec son couteau, son pain et sa viande, le coin des lèvres un peu baveux. Il m'écœurait. Je me levais et dit en passant dans l'entrée : « Au revoir, François. »

Il ne me répondit pas. J'ouvris la porte, sa femme me suivit sur le palier et tira la porte derrière elle, mettant sa main à hauteur de son front en la secouant, levant les yeux au ciel pour exprimer ce sentiment de « J'en ai marre ! Elle me chuchota :

« Ce n'est plus possible !

- Vous savez, Madame, personne au monde ne peut mieux vous comprendre que moi. Je vous plains et, si vous le permettez !...»

Je la pris par les épaules et l'embrassai.

Je redescendis les deux étages, avec des flots de souvenirs malheureux qui me poursuivaient dans ces escaliers.

Je sus que, peu après, ils avaient divorcé. François repartit à L'Oustal, puis un peu plus tard il demanda à être inscrit à la maison de retraite près de la gare. Quand il partit, pour la deuxième fois, la directrice lui dit que ce n'était pas la peine qu'il se représente une troisième, qu'elle ne le reprendrait plus.

« Ce n'est pas ici un hôtel, mais une maison de retraite. »

A bon entendeur, salut !

Plus tard, il s'installa à la maison de retraite de Rabastens.

C'est là qu'il s'aperçut que quelqu'un se servait de son eau de Cologne, et il jura qu'il trouverait le coupable. Un jour, il se coucha sous son lit pour surveiller. Il avait l'habitude de l'attente du gibier pour avoir été braconnier à ses heures.

Il attendit donc... et la porte de sa chambre s'ouvrit doucement. Il veillait.

Effectivement, le personnage inconnu se servit à la bouteille de la table de toilette. Il reprenait le chemin de la sortie, quand il s'entrava et piqua du nez par terre. François lui avait fait un croc-en-jambe avec sa canne.

« Ah ! Je te tiens maintenant ! , dit-il en sortant de sa cachette. Voleur ! Tu croyais que je ne trouverais jamais le coupable parce que j'ai une canne et que je marche lentement. ! Mais c'est la canne qui t'a pris ! »

Cette histoire fit bien rire tous les pensionnaires. François se montrait très gentil avec une dame malvoyante qu'il accompagnait régulièrement en promenade sur la place de Rabastens. Leur amitié alla un peu plus loin, et on leur donna une chambre commune. Au bout de quelques mois il trouva sa situation de couple trop compliquée. Sans rien dire à la dame, il demanda une place à la maison de retraite de Salvagnac et du jour au lendemain il la quitta sans lui dire au revoir. Françoise vécut très mal cette situation, d'autant plus que c'est elle qui l'aida à faire ses bagages et à déménager.

Nouvelle sépulture

Je me préparais donc à cette nouvelle épreuve qui m'attendait, inattendue. Il fallait faire la levée du corps de mes deux petits, et les transférer à Laval. Je savais que j'étais bien seule pour affronter tous ces évènements.

Je commandai un petit cercueil à Carmaux pour récupérer mes deux enfants.

J'avais informé Françoise et ma sœur pour ce transfert, un dimanche matin. Pour préserver mes parents de cette souffrance, je préférai qu'ils n'y assistent pas.

Ce dimanche-là, je m'habillai de blanc pour la cérémonie. Car pour moi c'en était une, pleine d'amour. Du blanc ? Oui, car Colette ne voulait pas que je m'habille en noir. Elle me disait : « Maman, je ne veux pas que tu t'habilles en sale ! »

C'est pourquoi, ainsi que pour son enterrement, je m'habillais de blanc.

Françoise fit de même.

Ma sœur et son mari nous suivirent en voiture.

J'allais avec Françoise, jusqu'à Bicoq, au cimetière de Carmaux.

Nous y attendaient l'inspecteur de police et le fossoyeur. Je posai le petit cercueil tout près, tapissé d'un grand linge blanc pour les recueillir.

Le fossoyeur, de sa grande pelle, se mit en devoir de déblayer la terre de dessus, puis plus bas, mettant à nu les petits ossements. Mon ventre se serra très fort et je dis à cet homme : « Oh, arrêtez, je vais le faire moi-même. »

Il me semblait qu'avec son énorme pelle il allait leur faire mal.

Avec la plus grande délicatesse possible, je me mis à genoux et enlevais les restes de mes petits, de cette tombe qui allait disparaître. Je les déposai dans le cercueil, et les enveloppai pour une autre grande dernière nuit, à Laval. Je songeai à cette religieuse qui avait dit, lors de la sépulture de Colette « Elle ne veut pas y aller ».

Paroles du fond des âges qui m'avaient alors broyé le cœur !

Ma sœur pleurait derrière moi, soutenue par Nanan. Françoise était là, recueillie et toute pâle. Le fossoyeur était appuyé sur sa pelle et me regardait faire tandis que l'inspecteur de police était allé attendre un plus loin, détournant les yeux. Je sus plus tard que ce spectacle lui faisait trop mal. Le petit cercueil fut refermé simplement. On se proposa de l'apporter jusqu'à ma voiture. Non !

Je revis l'ambulancier refusant que je monte Colette morte dans l'escalier. Non ! Je voulais encore porter mes deux petits dans mes bras. J'avais enveloppé le coffre de la voiture de linges blancs. J'y déposais mes enfants.

J'avais aussi les papiers permettant le transfert, jusqu'à la commune de Saint-André-de-Najac en Aveyron, puis à Notre-Dame de Laval.

La voiture de ma sœur, pilotée par mon beau-frère, suivait la mienne où j'étais avec Françoise.

Après l'horrible épreuve que je venais de subir, ce déplacement en compagnie de Françoise fut un bonheur pour moi. Pour la première et unique fois de ma vie, je transportais mes trois enfants en promenade. Je ne les avais jamais eus ensemble avec moi. Alors je dis à ma fille qu'il fallait en faire une heure de bonheur, et que nous allions chanter ce que j'avais chanté pour eux trois, des comptines, pour les bercer, pour les endormir, ou pour les faire jouer. Et, nous avons chanté toutes les deux, ces vieux airs de la nuit des temps, ces airs de notre enfance, pour les tout petits : « Au clair de la lune… Frère Jacques… fais dodo mon p'tit frère… »

En passant par Saint-André-de-Najac, j'arrêtai la voiture peu après la maison de Tata Hélène et Tonton René, juste sur le triangle d'herbe qui faisait office de rond-point.

Mon beau-frère s'arrêta aussi, surpris. Je leur expliquai que je voulais qu'une dernière fois l'âme de Colette écoute le coq du village, les cloches de l'église, les clarines des troupeaux, tous ces bruits qui lui avaient étés familiers durant ses vacances passées à Saint-André-de-Najac, dans cette famille où elle se plaisait tant.

Nous sommes allés boire un café avant de repartir. « Toi alors ! » me dit ma sœur.

Je suis ainsi faite. Je n'avais écouté que les élans de mon cœur.

A Laval, le maçon de Najac, Monsieur T., nous attendait. Le caveau était ouvert. Je devais y revoir notre chère Mémé Louise. Lorsque l'on va se recueillir sur une tombe, quelle qu'elle soit, on imagine toujours nos chers disparus comme nous les avons connus de leur vivant.

Mais là m'attendait encore la réalité des choses de la vie, de la mort.

Du bord du caveau ouvert, je voyais ma mémé, couchée, son squelette, avec une planche du cercueil reposant encore sur sa tête, comme une pudeur, pour nous cacher son visage. Autour d'elle, la trace du cercueil, comme dessiné. Je contemplais ma mémé, demandant tout haut à Françoise de me promettre que lorsque je viendrai la rejoindre, elle lui fasse faire un petit cercueil pour lui donner une seconde sépulture, comme pour mes petits. J'avais déposé le cercueil de mes chéris devant le caveau. J'y entrais, et l'on me tendit mes enfants que je déposais à côté de Mémé Louise qui me les garderait.

Je m'appuyai sur le rebord de l'entrée, comme à une fenêtre. Nous étions au printemps, tous les arbres étaient en fleurs dans les jardins et les champs d'alentour. C'était beau. J'étais heureuse pour mes petits de les laisser dormir avec toutes ces fleurs, avec ma Mémé. Le printemps était entré dans leur maisonnette que l'on referma.

Si mes deux enfants étaient restés en terre, je n'aurais pas demandé une autre sépulture pour moi-même. Mais je sus ce jour-là que je viendrai reposer un jour à côté d'eux.

Nanan et Jeanine repartirent. Avec Françoise, nous mangeâmes notre pique-nique à côté de la fontaine, comme elle le désirait.

Nous restions toutes les deux, avec un grand sentiment d'amour et de paix.

Je n'en aimais que davantage Notre Dame de Laval, mon cher village. Mon cœur était là.

Il me semblait que c'était ainsi que je clôturai un épisode de ma vie. Maintenant je pouvais tourner la page. Plus rien ne m'attachait à Carmaux. J'avais gagné ma liberté et mon autonomie de vie. Mes deux petits avaient retrouvé nos racines familiales à Notre

Dame de Laval. Un jour moi-même j'irai m'allonger près d'eux, calme et déjà rassérénée. Vive la vie, vive la paix. L'avenir se présentait dans la sérénité.

ALBI
L'Imprévisible

Il faut faire un bond dans le temps et remonter à 1969 pour reprendre le fil de ma vie. Qu'est-il arrivé pour que je rebondisse ainsi et que je retrouve enfin la liberté et le bonheur ? Tous mes malheurs ont pris fin lorsque j'ai décidé de prendre moi-même ma vie en main. J'ai trouvé quelqu'un qui m'a redonné l'espoir en me faisant prendre confiance en moi. J'ai su saisir cette opportunité qui se présentait à moi. J'aurais pu lui tourner le dos, par timidité ou par réflexe. J'aurais pu me laisser submerger encore par le sort qui s'acharnait sur moi. Mais non ! J'ai refusé de baisser les bras et le devoir plus que ma personnalité m'a fait me battre contre les évènements et la malchance.

Si vous vous trouvez dans une situation difficile, qu'il vous semble que vous allez vous noyer, pensez que d'autres, dans une position semblable et pire peut-être, s'en sont sortis. Ces mémoires, je les ai écrites pour que vous ayez la certitude que rien n'est impossible. Nous avons tous une capacité de résilience incroyable. Croyez, vous aussi, que vous avez une bonne étoile qui peut vous guider vers la lumière et la paix.

C'était en 1969. J'étais employée au magasin de chaussures à Carmaux. François était hospitalisé en psychiatrie au Bon Sauveur à Albi. Il allait mieux, mais il était déterminé à y rester. Pourquoi, mais pourquoi ?... Je le pressais d'en sortir, affirmant que cette ambiance n'était pas bonne pour lui.
Lors d'une sortie en week-end, il me dit :

« Le copain m'a dit que si je savais jouer au fou on me garderait. Mais il faut tenir trois ans pour être reconnu invalide et en longue maladie.

- Mais tu n'y penses pas ? Tu as une famille et puis tu es guéri !

- C'est comme ça. Tant vaillant, tant fainéant !

- C'est vraiment ton choix et ta décision ?

- Oui, et tu peux dire ce que tu veux !

- Réfléchis bien François, c'est très grave. Je n'accepte pas que tu veuilles vivre au crochet de la société.

- Fiche-moi la paix !

- Alors je te donne la nuit pour bien réfléchir. Tu me répondras demain matin. Mais ce sera définitif : tu reviens à la maison ou tu restes à l'hôpital mais tu demeureras seul si c'est ton choix ! »

Il partit dans sa chambre, décidé, l'air goguenard.

J'étais dans la cuisine en train de préparer le petit déjeuner quand il se leva. Je lui dis :

« Bonjour. Alors ?

- Je reste à l'hôpital.

- Bien, alors dis-toi que tu n'as plus de femme !

- Je m'en fous, c'est comme ça.

- Tu ferais mieux de ne pas fréquenter ce mauvais conseilleur.

- Je fréquente qui je veux.

- Si tu persistes dans ta décision, un jour tu trouveras la maison vide, sans ta femme.

- Tu es bien trop fainéante pour partir. Je t'aiderai à porter la valise au fond de l'escalier.

- Je n'aurai pas besoin de toi. »

Il ricana en me disant qu'il redescendrait avec l'autobus, qu'il n'avait pas besoin de moi. Son regard était mauvais et il me menaça. Il m'avait parlé si méchamment que je paniquais. Avait-il préparé un mauvais coup ? Je sentis grandir en moi le grand désir de quitter ce mari si inquiétant. Mais il y avait Françoise notre fille.

La nuit précédente la petite était venue dans ma chambre en me disant qu'elle avait peur : « Papa ne fait que marcher de long en large ».

Je la pris dans mon lit et fermai la porte à clef.

« Maman, il nous faut partir, il finira par nous tuer.»

Le mercredi suivant, je le vis arriver avec un homme. Je n'eus droit ni à un bonjour, ni à un bonsoir.

« Qui est-ce ? demandai-je à François.

- Mon copain ! »

Il ne m'avait même pas saluée.

Ils tournèrent et retournèrent dans l'appartement, sans rien me dire. Subitement, ils repartirent. A quoi jouait mon pseudo mari ?

J'étais envahie par une énorme fatigue. Le docteur L. venait tous les jours me faire une piqûre de vitamines, me disant que je devrais me mettre en maladie, qu'il était malheureux de suivre ma décision en m'obstinant à poursuivre le travail.

« Non, Docteur, nous n'avons que la moitié du salaire de mon mari, je dois continuer. »

J'étais tellement fatiguée qu'en rentrant à midi je pensais plus à me coucher qu'à manger. Maman m'avait conseillé d'aller à la pension de famille pour chercher le repas tout prêt, ce que je fis. Françoise mangeait à la cantine scolaire.

Un jour, François revint en m'annonçant qu'il allait à la ferme du Bon Sauveur passer quelques jours de vacances. Je m'arrangeais pour le lui faire redire, afin d'en être bien sûre.

Depuis quelque temps je m'étais mise à la recherche d'un appartement et avais trouvé un deux-pièces, rue du gaz.

J'avais écrit au Procureur de la République lui demandant la permission de quitter le domicile conjugal avec mon enfant et je lui en avais expliqué les raisons. La dernière semaine d'avril, il m'avait adressé un courrier au magasin pour me donner son accord " *à partir du 1er mai* ".

Je récoltais alors caisses et cartons et fis le partage de nos biens communs : « Un torchon,... un torchon... six cuillères, six fourchettes... ». Ainsi de suite, j'emballais mes affaires, réservant la moitié à François, emportant ce que j'avais en propre en me mariant. Je lui laissais la télévision. Je prenais la machine à laver. J'emportais deux sommiers et la salle à manger lui laissant la chambre. Je laissais les autres meubles et pris en contrepartie la voiture. Je demandais à un parent de me la cacher dans le foin.

Le 1er mai, de bon matin, dans le plus grand silence, arrivèrent mes parents, ma sœur et son mari avec la camionnette. Nous emportâmes mon déménagement rue du gaz où je m'installais. Par le fruit du hasard, c'était le local où mon amie d'école, Eliette, avait habité jeune mariée. Ce serait notre refuge pour Françoise et moi. J'arrangeais au mieux le minuscule appartement, attendant la suite des évènements. Quel serait le comportement de François à son retour ?

Je continuais mon traitement de vitamines.

Je confiais au docteur L. que je voyais l'avenir avec pessimisme car je doutais que mon patron me garde quand je serai un peu vieillissante. Celui-ci venait de me persuader de ne déclarer que la moitié de mon salaire, qu'ainsi nous ne payerions chacun que la moitié des cotisations à la sécurité sociale. Ceci ne m'empêcherait pas d'être quand même assurée. Rien ne changerait pour moi. Je le crus, naïvement. Il me fit signer au dos des trois derniers bulletins " *d'accord pour ce salaire* ".

Le docteur en fut outré et me conseilla alors de devenir infirmière ; ainsi j'aurais toujours du travail.

« Mais je suis trop âgée, Docteur, j'ai trente-huit ans et demi !

Il se mit à rire.

- Qu'est-ce que c'est que cette fable ! Puisque lundi matin vous ne travaillez pas je vous emmènerai. Je dois descendre à Albi pour chercher des documents qui me sont nécessaires. Je vous prendrai voir la directrice de l'Ecole d'Infirmières qui vous donnera tous les renseignements nécessaires. »

Le lundi, je descendis donc à l'hôpital dans sa voiture, une DS, ce qui m'impressionna fort.

La directrice nous reçut et le docteur lui expliqua tout.

« Madame, dites-vous que j'ai des élèves de cinquante ans qui étudient ! Il n'y a pas de limite d'âge. J'ai de la place en seconde année, mais il faut d'abord passer par la première, vous le comprenez ! Vous étudierez seule en attendant l'an prochain. Il vous faut préparer le concours d'entrée à l'école. »

Elle me conseilla de prendre des cours par correspondance. Je m'inscrivis donc aussitôt aux " *Cours Minerve* ". Quelques jours plus tard je reçus les instructions et les livres nécessaires ainsi que la facture.

Le lendemain, j'en fis part au docteur qui me demanda tout le dossier pour en prendre connaissance afin, dit-il, de pouvoir guider d'autres personnes, le cas échéant.

« Surtout, Docteur, ramenez-le-moi demain, sans faute. »

Je devais faire partir le mandat qui correspondait à un mois de mon salaire.

« Comptez sur moi ! »

Il revint le lendemain avec le dossier, sauf la facture.

« Il me manque la note, Docteur, c'est important, je dois l'honorer aujourd'hui même.

- Mon petit, écoutez-moi bien ! Je n'ai pas eu la joie d'avoir une fille. J'ai deux fils. Alors considérez qu'à partir d'aujourd'hui vous êtes ma fille. Ne cherchez pas la note, elle est partie, je l'ai réglée.

- Ah ! Non, Docteur, je vais vous la rembourser !

- Il n'en est pas question ! On n'en parle plus. Mais à partir d'aujourd'hui, attention ! Vous allez étudier, et encore étudier ! Je serai intraitable. Je viendrai chaque jour pour vous faire faire des dictées et réciter vos leçons. Allez, on fait tout de suite une dictée ! Et on ne parle plus de rien ! »

Je restai interdite et écrivis sous sa dictée avant d'aller travailler. J'entamai mes études en ce début de mois de juin.

Le juge avait fait connaître ma décision à François « qui devait me laisser en paix et ne pas venir troubler ma quiétude au domicile conjugal ». Mais depuis, il était revenu avec une assistante sociale pour prendre au garage des jougs que j'avais récupérés à la campagne. Il était rentré dans l'appartement dont il avait la clef. Il avait pu constater que je n'avais pas eu besoin de lui pour faire ma valise.

Les voisins me dirent qu'il était entré dans une colère terrible. Qu'aurait-il fait si j'avais été là ? Je trouvais plus sage de finir d'emporter tous nos vêtements. Bien m'en prit car lorsque je revins il avait fait changer la serrure.

Le lendemain matin, Françoise partait en colonie de vacances avec le comité d'entreprise des mines qui avait un établissement en Aveyron. Avec de gros baisers et de grandes étreintes elle me quitta, le cœur gros.

J'étais de plus en plus fatiguée. Le patron passa un après-midi pour m'annoncer qu'il partait quinze jours en vacances à Biarritz. Il comptait sur moi pour tenir le magasin. Il me connaissait et pouvait me faire confiance. Il partit donc tranquille.

C'était la veille du jour où je devais aller au service d'hygiène sociale à la Sérinié afin de compléter mon dossier médical pour l'entrée à l'Ecole d'Infirmières. Tout serait prêt le moment venu. Je me rendis à ce rendez-vous.

Je passais une radio pulmonaire. Le médecin prit un cliché, puis un second et conclut en disant :

« Nous allons faire une tomographie.

- Qu'est-ce, Docteur ?

- Imaginez que je vous découpe le poumon en tranches pour mieux voir ce qu'il y a dedans.

- Ah ! Bon ! »

Nous étions plongés dans le noir. Penché sous

un tissu noir, le docteur dit, tout en examinant mes poumons:

« Je vois quelque chose. Je vais refaire une lecture plus fine. Oui, en effet, quelque chose…

- Et qu'y a-t-il dans un poumon, Docteur, sinon une tuberculose ou un cancer ?

- Ca y est, voilà les grands mots ! Allez donc voir ces dames qui vous expliqueront. »

J'étais en combinaison. J'allai dans le petit bureau mitoyen où étaient une infirmière et une assistante sociale. Je m'assis sur un tabouret.

« Ne vous tracassez pas, Madame, vous n'avez pas grand-chose. Tout simplement un peu de caséine en haut du poumon. C'est la porte d'entrée, infime, de la tuberculose.

- Je suis tuberculeuse ! »

J'éclatai en sanglots. Le ciel venait de me tomber sur la tête. Rien ne pouvait m'arriver de pire, surtout lorsque le médecin déclara :

« Désormais, je ne veux plus vous voir au magasin de chaussures.

- Comment cela jamais ? Mon patron est parti hier pour quinze jours et je suis responsable du magasin !

- J'ai dit que vous fermez le magasin. En tous cas, je ne veux plus que vous y alliez.

- Mais j'y étais il y a une heure, qu'est-ce que cela change ?

- Cela change que vous êtes contagieuse. Il y a une heure vous ne le saviez pas, maintenant si !

- J'ouvrirai quand même, j'ai donné ma parole. Qu'est-ce que vous me ferez ?

- C'est la police qui viendra vous faire fermer.

- A ce point ?

- Eh ! Oui ! Et je suis responsable moi aussi, de vous et de tous les autres !

- Alors cet après-midi, il faut que je prenne mes dispositions pour demander à l'autre employée si elle veut bien me remplacer »

Je remontai sur mon vélo Solex en pleurant. Je redescendis vers la mairie, les yeux noyés de larmes, ne voyant la route qu'à travers un brouillard. J'allais me tuer en roulant ainsi ! Et je pensais à ma petite Françoise.

J'arrivai au magasin et me suspendis aussitôt au téléphone pour appeler ma sœur.

« Allô !

- Jeanine, je suis tuberculeuse !

- Qu'est-ce que tu dis ?

- Jeanine, je suis tuberculeuse ! »

La sonnette m'avertissait que quelqu'un venait d'entrer dans le magasin alors que j'expliquais ma détresse à ma sœur. Je raccrochai le récepteur et passai à la boutique.

Une dame, la cinquantaine environ, était assise et attendait. Elle me dit :

« J'ai tout entendu. Asseyez-vous et reprenez vos esprits. Il est arrivé exactement la même chose à ma sœur, comme à vous. Soignez-vous, cela passera très vite, vous verrez. Il vous faut beaucoup de repos. Et surtout ne vous découragez pas.

- Je vous remercie Madame, vous êtes gentille. Mais le ciel m'est tombé sur la tête ! »

Elle était venue acheter une paire de pantoufles. Je me souviendrai toute ma vie de cette dame qui avait tant d'empathie. Elle avait un si bon sourire et elle était si encourageante !

Je téléphonai au docteur L. dès qu'elle eut fermé la porte pour lui dire mon désespoir.

« J'arrive », me répondit-il.

Dix minutes après il était là et me faisait redire mon histoire.

« J'ai planté mes clients dans mon cabinet "*pour une urgence*". Je cours aussitôt au dispensaire voir mon confrère.

- Il veut que je ferme la boutique, vous vous rendez compte ? »

Il revint peu de temps après. Il me confirma que je devais fermer le magasin.

« Je vais faire le nécessaire pour les papiers et la suite à donner à votre traitement. En attendant, je vous amènerai demain à Albi chez vos parents. Préparez quelques affaires pour être hospitalisée. »

Catastrophée, je téléphonai à Colette, une autre employée du magasin dans l'Aveyron.

« Que faire ?

- Je crois que le patron va faire la tête. Il était si content de partir ! Mais ne vous en faites pas va, soignez-vous ! Lui s'en sortira toujours ».

Je voulais tout de même avertir Tata Marcelle et Tonton Georges. Ils devaient savoir.

Je montais en Solex à la Guignerette et leur racontais mes misères. J'étais épuisée.

Tata me fit coucher dans le lit du rez-de-chaussée. Je pleurais sans pouvoir m'arrêter. Elle pleurait aussi en me caressant les cheveux et en me disant : « Pauvre fille, va ! » Combien de fois me l'avait-elle dit ? C'était sa façon à elle de me consoler dans mes détresses. Je ressentais tant d'amour entre ses mains rassurantes et aimantes.

Elle alla me chercher une assiettée de sa bonne soupe que je mangeai.

« Dors maintenant, repose-toi. Dors, ma fille ! »

Elle m'embrassa et referma la porte. Je m'endormis comme une masse jusqu'au lendemain matin.

Je redescendis rue du gaz pour préparer quelques affaires et attendis comme une maudite, comme une contagieuse. Je pensais aux lépreux et aux pestiférés rejetés par la société autrefois. Pauvres gens irresponsables de leur malheureux. Pourquoi moi ?

Je pensai alors à cette cliente qui était venue plusieurs fois au magasin dans l'hiver discuter avec l'autre employée et moi. Elle nous avait essayé des perruques, parlant au-dessus de nos têtes en nous envoyant ses postillons. Elle était très bavarde. Elle nous avait révélé être tuberculeuse et elle n'avait pas voulu être hospitalisée. « Je suis trop jalouse », nous confia-t-elle. Elle suivait un traitement ambulatoire. Je me demandais si ce n'était pas elle qui m'avait contaminée.

Je pensais à Françoise qu'il me fallait préserver et à tous ceux qui m'avaient côtoyée de près. Par la suite, ils durent subir des examens et j'étais malheureuse d'être responsable de leurs tourments. Ce doit être de cette époque que j'ai gardé un sentiment de culpabilité en toute chose.

Le docteur L. vint me chercher pour m'amener chez mes parents qui m'accueillirent, le visage grave mais réconfortants. Ils essayaient de cacher leur peine. Le docteur me regardait gravement aussi. Je ressentis dès lors le regard des autres, craintif par peur de la contagion. Cette maladie est dure à vivre à cause de la crainte ressentie par les autres. Leur regard est lourd à endurer.

Je restais à Lascamps une semaine, en attendant qu'une place à la clinique du Boutge me soit attribuée. Le docteur L. avait fait toutes les démarches.

Le docteur Barrairon, pneumologue, me reçut dans son bureau, à proximité de la chambre que l'on m'avait attribuée au premier étage.

Il me questionna sur ma vie conjugale et tous les évènements familiaux que j'avais vécus. Ce bon terrain de misères avait préparé la maladie et le bacille de Koch n'avait pas eu de mal à s'installer, m'affirma-t-il.

« Tout me poursuit, Docteur. Je perds deux enfants, j'ai une vie atroce et mon mari perd la tête, enfermé au Bon Sauveur. A présent c'est moi qui contracte la tuberculose.

Je voulais entreprendre des études d'infirmière après mon départ de la maison, et voilà ! Tout est fini, je n'ai plus qu'à tirer l'échelle ! Pourquoi le sort s'acharne-t-il ainsi sur moi ? »

Le docteur se souleva à demi sur son siège et tapa très fort des deux mains sur son bureau, la mine sévère en me criant :

« Je vais vous faire voir, moi, si tout est foutu ! Regardez-moi bien ! Je suis " *thoraqué* " !

- Qu'est-ce que cela veut dire ?

- Cela veut dire,Madame, que j'ai eu la tuberculose, tout comme vous, mais bien pire puisque l'on m'a enlevé un poumon trop gravement atteint. C'est cela être " *thoraqué* ". Vous l'apprendrez dans vos études. Parce que vous allez étudier ! Ici, vous aurez tout votre temps. Vous n'aurez que ça à faire et vous soigner ! Et vous serez infirmière. Vous soignerez les tuberculeux, tout comme moi ! Allez de l'avant, vous avez une fille à élever. On vous aidera. Il faut du courage ! Nous sommes le 29 juin. Le concours d'entrée à l'Ecole d'Infirmières est début septembre. Travaillez, vous réussirez. Mais il vous faut travailler ! »

Il me donna une tape amicale sur l'épaule quand je quittai son bureau, encouragée.

On me mit au lit.

Le lendemain matin commencèrent les soins après le petit déjeuner. P.A.S., Rimifon, Dihydro-Streptomycine. Trois noms accolés l'un à l'autre et que l'on n'oublie jamais quand on a pris ce traitement. Ils vous accompagnent.

Je demandai à sœur Angèle de bien vouloir me perfuser au bras gauche afin de me laisser le droit disponible pour faire mes devoirs.

J'avais écrit ma situation aux professeurs des Cours Minerve à Paris, notamment à une dame qui m'a beaucoup encouragée. Elle m'envoya des livres, par amitié. Elle participait à ma détresse et à mon espoir dans la lutte. Recevez mon cri, Madame, grande dame. Au-delà du temps, un grand merci et toute ma reconnaissance. J'honore votre souvenir, vos encouragements épistolaires. Je voulais vous écrire dès la fin de mes études, le Diplôme d'Etat en poche. J'ai retrouvé le carton qui contenait tous mes livres, tous mes devoirs avec vos corrections, vos lettres. J'ai retrouvé le carton, oui. Mais il avait été placé au grenier sous un ciel-ouvert qui avait une gouttière. Tout le contenu n'était plus qu'une infâme bouillie qui avait tout anéanti. Votre adresse était perdue. J'en fus si malheureuse ! J'aurais tant voulu vous faire partager ma joie et l'honneur d'être infirmière. Vous m'aviez aidée à préparer ce long chemin d'études. Merci, Madame. J'ai si souvent, si souvent pensé à vous !

Le Boutge. Ah ! Le Boutge. J'y vécus trois mois. En face de mes deux fenêtres était une maison toujours fermée qui était, paraît-il, le temple maçonnique : " *La maison du diable* " disaient les sœurs. Je ne savais pas ce que cela pouvait bien être.

En me penchant à la fenêtre, je voyais une rue étroite, la Rue de la Buade*. Autrefois, en passant par cette rue, les femmes, avec leurs brouettes chargées de linge devaient aller faire leur lessive sur les berges du Tarn. De biais, à droite, j'apercevais le marché couvert. J'avais une chambre à deux lits, une table, deux chaises et un lavabo avec une glace murale. Les douches communes étaient dans le couloir.

Au réfectoire se dressaient deux longues tables dont celle des plus malades. On me fit installer à l'autre. Le petit-déjeuner qui se prenait dans la chambre était suivi de la toilette. La visite médicale avec deux médecins et deux religieuses annonçait la perfusion. Les visites m'étaient interdites.

Quinze jours ou trois semaines après le début de mon hospitalisation, une religieuse me remit six œillets de la part du patron. Voulait-il savoir si j'étais bien là ? Il ne revint jamais et jamais il ne me proposa aide ou réconfort. Je n'avais pourtant qu'un quart de mon salaire avec les fausses déclarations qu'il avait faites. Cela lui importait peu à lui, le pourvu !

Chaque matin le docteur L. me rendait visite et me faisait réviser. Il m'apportait souvent quelques gâteries. Je lui confiai mes boucles d'oreilles lorsqu'il me dit qu'il valait mieux les quitter à cause des radio-

 la buada : la lessive

graphies trop fréquentes.

Le docteur Barrairon m'avait fait faire un prélèvement dans l'estomac pour l'inoculer à des cobayes. Le médecin m'expliqua qu'on y retrouverait du Bacille de Koch. La maladie se développerait chez l'animal au bout de quelques jours si le test était positif. C'est en sacrifiant le rongeur et en observant les signes de la maladie pulmonaire qu'on pourrait avoir la certitude que j'étais bien atteinte de la tuberculose, et à quel stade elle en était. On referait ce même test plus tard, pour voir l'évolution de la maladie. Au bout d'une semaine le docteur Barrairon m'invita dans son laboratoire. Je vis ma radio avec un petit trait blanc long de un centimètre, grand comme le bout d'une dent de fourchette. Il m'expliqua que là avait été la porte d'entrée du bacille. Il ouvrit ensuite mon cobaye témoin. Il prit son poumon rosé et nous l'observâmes comme si c'était mon propre poumon. Le docteur me dit :

« Puisque vous serez infirmière, c'est votre première leçon d'anatomie. Et c'est vous qui êtes concernée ! Je suis heureux de vous dire que votre mal est minime. Il est pris à temps. »

Il ouvrit ensuite un deuxième cobaye. Ses poumons étaient tout verts. Le médecin eut un haut-le-cœur.

« C'est malgré moi, dit-il, c'est chaque fois pareil. Cette dame... ne passera pas les huit jours. »

Effectivement, on ne la vit plus : " *Repartie chez elle.* "

La deuxième semaine, les signes sur mon

nouveau cobaye avaient très nettement diminué.

La troisième semaine, le docteur me dit :

« Madame, vous êtes guérie. Plus rien. Seule une cicatrice qui témoignera toujours. On continue les soins par précaution. Il vous faut surtout du repos. »

Mes parents furent heureux de cette bonne nouvelle.

Vint l'assistante sociale de la Mine. Elle me dit que la colonie de Françoise se terminait, mais qu'elle allait faire un deuxième séjour. Je pouvais enfin aller la voir.

Le dimanche suivant, avec mes parents, Nanan et Jeanine, nous partîmes, emportant le repas de midi pour manger sur l'herbe. On ne laissa pas sortir Françoise pour manger avec nous. Cela nous fut très dur. Nous la reprîmes après le déjeuner. Elle ne me lâchait pas la main et me demanda des explications sur l'absence de mes visites. Je lui dis alors que j'avais été très malade, que ça allait mieux, qu'on m'avait enfin permis de venir la voir. Je me rendais bien compte que la pauvre petite s'était beaucoup ennuyée. Elle me l'avoua d'ailleurs.

Nous avions toutes deux le cœur brisé quand je lui annonçais qu'il nous fallait encore rester séparées le temps d'une autre colonie. Trois semaines de plus ! Elle ne se plaignit pas. Bien plus tard qu'elle m'avoua combien était mauvaise cette colonie, sans attrait, avec des monitrices incompétentes et des enfants si peu intéressants. Pauvre petite ! Elle avait souffert elle aussi.

Les médecins du Boutge m'annoncèrent qu'ils avaient décidé de m'interroger tous les jours sur une question d'anatomie.

« Demain, vous me direz le trajet que fait une goutte de sang dans votre corps. »

Je l'imaginai de mon mieux, mais les sciences naturelles de l'école étaient loin. Le lendemain je répondis ce que je supposais.

« Eh bien, Madame, vous êtes déjà morte ! »

Il m'expliqua et me dit de répondre à nouveau le lendemain, mais avec un schéma.

« Ah ! Bien ! Vous survivrez ! » Et il rit.

J'eus chaque jour un sujet imposé.

J'épinglais mes dessins sur le mur autour de mon lit, puis autour de ma chambre. Le corps humain prenait forme.

Mon médecin traitant m'expliqua un problème de mathématique, deux fois, trois fois. Puis il se mit en colère :

« Mais je vous l'ai déjà expliqué ! »

C'était au mois de juillet, nous étions installés devant la fenêtre. A trente-neuf ans, j'avais envie de pleurer devant cet exercice.

Quand il fut parti, l'employée au ménage vint me voir. Elle s'appelait Olympe et habitait deux étages au-dessus de notre appartement aux Cambous à Carmaux.

« Qu'est-ce que vous avez pris aujourd'hui ! me

dit-elle. Je faisais les carreaux à l'étage au-dessus de votre fenêtre.

- Ne m'en parlez pas, j'en suis malade ! »

Pauvre docteur, quelle persévérance avait-il aussi ! Et il revenait, fidèle à sa parole !

J'allais passer la journée du dimanche chez mes parents. Ils m'installaient la chaise longue sur le trottoir devant la chambre de mémé Justine. L'après- midi, le docteur venait un moment et me faisait étudier à l'ombre des sapinettes à côté du garage, me ramenant au Boutge pour dîner. Papa disait :

« Quand même cet homme, quelle patience il a ! Quel respect j'ai pour lui ! Quel ami ! »

Le temps passait. Françoise était revenue de colonie et restait à Lascamps avec mes parents.

La rentrée des classes approchait. Papa et Françoise allèrent à Monoprix pour acheter des fournitures scolaires. Elle allait rentrer en sixième au Lycée Bellevue. Mon concours approchait.

Le matin de ce fameux jour, Papa emmena Maman au marché couvert pour y vendre ses légumes, déposant Françoise à la porte du Boutge.

Elle me donna la main jusqu'au Lycée Rascol où avaient lieu les épreuves. En longeant les murs du Lycée Lapérouse elle me dit :

« Il faut que tu réussisses ton concours, tu dois m'élever tu sais ! »

Elle me serrait la main très fort. Elle me regardait en marchant. Le visage grave, elle voulait faire entrer en moi toute sa persuasion. Elle avait onze ans.

« Oui ma petite fille, il faut que je réussisse, je le sais. Je m'appliquerai autant que je le pourrai. Tu feras une prière pour moi. Mais après, je vais partir dans les Pyrénées pour bien guérir tout en étudiant, si je suis reçue. Je ne serai pas à côté de toi mais il te faudra bien travailler aussi. Nous devons toutes les deux réussir nos examens. Je te fais confiance. Pépé et Mémé nous aident tant qu'ils le peuvent. Notre réussite sera aussi leur récompense.

- Je réussirai, Maman, je te le promets. »

Devant le Lycée Rascol, elle attendit l'appel.

A mon nom, je l'embrassai très fort et entrai en salle d'examen. Elle repartit au marché couvert où l'attendaient mes parents.

Les épreuves durèrent jusqu'à midi. J'allais manger au Boutge, puis je repartis de quatorze à dix-huit heures.

Quand je ressortis des épreuves, le docteur et Françoise m'attendaient. Ils me ramenèrent directement chez mes parents. Je les embrassais et ne voulus rien manger, trop fatiguée. Le docteur et la petite montèrent à la chambre avec moi. Ils m'aidèrent à me déshabiller. J'entrais dans le lit. Je dormais déjà. J'ai le souvenir réconfortant que l'on me bordait.

Le lundi après-midi, avec Papa et Maman, nous

accompagnâmes Françoise au Lycée Bellevue. Entrée en sixième : quel événement ! Un monsieur et une dame attendaient aussi avec leur fille Marie-Odile. Ils étaient de Valdériès. Avec mes parents, ils dialoguaient en patois et sympathisèrent tout de suite. Les deux fillettes ne devaient plus se quitter durant toutes leurs études et au cours de leur vie. Elles n'étaient pas dans la même classe mais en étude et au dortoir elles faisaient la paire.

Mes parents faisaient sortir Françoise le jeudi et le week-end. Ma sœur, en deux chevaux, venait la chercher parfois avec son fils Jean-Pierre. Assis derrière, ils riaient comme des fous quand les chaos de la route les envoyaient jusqu'au plafond.

Françoise était une élève studieuse et appliquée. Pépé l'appelait " *Picou* ". Maman fut pour elle une seconde mère, pleine d'amour. Elle dit parfois encore : « Mémé, c'était ma maman. » Cela me fait un petit pincement au cœur, mais j'étais si loin, isolée dans les Pyrénées. Je ne pouvais que louer et je loue encore la générosité et la tendresse de ma maman.

Les Escaldes Françaises

Le jour arriva, subit, où le docteur Barrairon m'annonça mon départ pour les Escales françaises, en Cerdagne. Il y avait une place à l'Ecole d'infirmières des anciennes malades.

Quelques jours auparavant le docteur L. était venu me faire part des résultats du concours. J'étais reçue première du département, me dit-il. Je croyais qu'il me flattait, mais non. J'avais 19 et 20 partout sauf en mathématique où j'avais un misérable ¼, juste pour le graphique sans doute... ou pour m'éviter d'être collée. J'avais fait l'impasse sur un sujet de cours. Nous l'avions à peine survolé, pensant qu'il ne serait pas donné au concours « mais on ne sait jamais » avait dit le docteur. Et c'est celui-là qui était sorti.

Mais enfin je l'avais ce concours, c'est ce qui m'importait.

Je montais à Carmaux faire ma valise et aussi préparer le déménagement. Je mettrais tout dans un garde-meuble à Gaillac. La semaine fut surchargée.

Je dis au revoir à ma sœur et à sa famille,

à Tata Marcelle et Tonton.

J'allai embrasser Françoise et mes parents.

Très tôt, le docteur m'emmena à la gare. Je l'embrassai avec beaucoup d'émotion.

« Il faut y aller avec courage mon petit, et travaillez, travaillez ! »

Le quai de la gare d'Albi s'éloignait dans un brouillard où une main me disait adieu.

Je partais vers l'inconnu. Le temps était gris, triste comme mon cœur.

Après Toulouse, la micheline m'emporta vers la Tour-de-Carol. J'étais assise, seule, derrière la cabine du chauffeur et du contrôleur. Au fond du wagon était installée une jeune femme. A midi, ils mangèrent leur repas et moi le mien. A ma demande le chauffeur me fit entrer dans la cabine « *pour voir comment c'était.* » Nous foncions dans un brouillard cotonneux.

Je revins à ma place le cœur lourd. Où allais-je ? Qu'est-ce qui m'attendait au bout de cette route ?

Quand je descendis du train avec ma lourde valise, la jeune fille qui avait voyagé au fond du wagon me suivit. Nous n'étions que deux sur le quai et nous allions au même endroit. Si nous l'avions su nous aurions voyagé ensemble.

Un taxi nous attendait et nous prit en charge. En roulant vers les hauteurs, le soleil déchira soudain la brume qui nous enveloppait, laissant apparaître dans toute son immense longueur une bâtisse au flanc de la montagne.

« Voici les Escaldes. Pour autant qu'il y ait du mauvais temps, il y a toujours une éclaircie», nous affirma le chauffeur.

L'assistante sociale qui nous reçut nous conduisit chacune dans notre chambre.

J'entrai dans une pièce partagée par une demi cloison, avec un lit et un lavabo de chaque côté. Souriante et sympathique, ma voisine de chambre, me plut aussitôt.

On me fit coucher en m'expliquant que je serais au « régime malade » durant une semaine afin de m'habituer à l'altitude et à l'air des montagnes qui fatiguent au début.

On m'expliqua mon programme : lever à huit heures. Petit-déjeuner copieux. Repos de dix à onze heures puis promenade dans le parc. A midi repas à la chambre. Un tour dans le parc de treize heures trente à seize heures. Goûter puis cure, c'est-à-dire au lit, allongée, sans parler, pour reposer les poumons. Promenade et dîner à dix-neuf heures. A vingt-et-une heure, extinction des feux. Une veilleuse de nuit passerait régulièrement pour contrôler. A tous les repas, distribution des médicaments.

Je fis part à ma compagne de l'étrange et désagréable odeur de l'eau du robinet. Elle rit.

« Vous vous y habituerez, vous verrez. C'est l'eau soufrée de la montagne qui sort chaude de la terre. On s'y habitue. Elle est potable mais elle a un goût désagréable. »

Nous avons eu de longues conversations avec Michèle. Elle avait de très gros problèmes conjugaux et déprimait un peu. Nous nous soutenions réciproquement. Bien des années après, hélas, je sus qu'elle avait attenté à ses jours. J'en ressentis beaucoup de peine. Elle était si charmante !

L'école avait commencé, je me faisais beaucoup de souci pour les cours que je ne pouvais pas suivre. Au bout d'une semaine, on m'orienta au quatrième étage, chambre 431. L'école était un espace clos, isolé du reste des étages. Ma chambre se situait face à la salle de cours. Le couloir desservait les chambres -de deux à quatre lits-, deux douches et les toilettes.

Je fis la connaissance de Suzanne Schubert qui avait son lit près de la fenêtre, et de Georgette Mansuy qui avait le sien vers la porte du cabinet de toilette.
Mon lit était entre elles deux, au milieu. Je devais m'en contenter. J'aurais bien aimé être sur un côté, mais j'étais la dernière arrivée.

Suzanne, célibataire, avait vingt-cinq ans. Georgette, trente-trois ans, était mariée et mère de quatre enfants. Nous eûmes juste le temps de faire connaissance, il fallait aller en cours.

Je suivis les élèves et entrais en salle d'étude. De grandes baies donnaient sur les montagnes. On appelait l'une d'entre elles " *le chameau* " à cause de ses deux bosses.

A gauche, dans un coin, Oscar, le squelette,

suspendu par le sommet du crâne semblait nous sourire de toutes ses dents. A côté de lui se dressait le bureau.

Hésitante, j'entrai, et m'installai à une place libre au fond, vers les fenêtres. Le " *chameau* " me dominait. Mon premier cours fut avec le docteur Le... : séméiologie. Je ne l'oublierai jamais.

Nous avions toutes devant nous nos feuilles de cours. A ma gauche était la petite Josette Hubert que nous appelions « *Plouc* ». Je n'ai jamais su pourquoi.

Au début de ce cours magistral où il faut prendre des notes au fur et à mesure que parle le professeur, j'écrivais des phrases entières. Je fus vite dépassée, perdant pied, m'affolant.

« *Qu'est-ce que j'étais venue faire dans cette galère ?* » Je posai mon crayon, découragée, accablée, les joues humides de larmes.

Voyant mon désarroi, Josette que je ne connaissais pas encore, me donna un coup de coude dans les côtes.

« Que tu es bête, va ! Ecoute le cours. Je te passerai mes notes. Ne t'en fais pas, on t'aidera. »

Elle répondit à mon sourire. J'étais réconfortée et écoutais le cours très attentivement.

Effectivement mes compagnes m'aidèrent généreusement en m'expliquant comment procéder pour les abréviations. Il ne fallait prendre que les choses essentielles. C'était une gymnastique de l'esprit. Tout alla très bien par la suite.

Le docteur zozotait un peu. Nous l'imiterions bien souvent pour nous amuser entre nous, mais gentiment, car nous avions beaucoup de respect pour lui. Il se donnait à fond à son enseignement. Nous le plaignîmes de tout notre cœur vers la fin de notre séjour aux Escaldes, lorsque nous sûmes que sa femme l'avait quitté. Je raconte cela pour la petite histoire du sanatorium. Ici, tout se savait, rien ne pouvait rester secret. Nous étions dans un microcosme familier où chacun connaissait tout le monde et savait tout de chaque individu.

A la sortie de ce premier cours, nous sommes allées en salle de pratique où était notre monitrice, Mademoiselle Fillot, grande, mince, toujours souriante, qui nous accompagna si généreusement dans nos études durant six mois.

Mon premier cours pratique abordait l'asepsie, la manipulation des tambours et de quelques instruments. Attention aux couvercles à retourner dans le bon sens ! Et tout le reste suivit, jour après jour.

Venues de différentes régions, avec les filles, toutes anciennes malades, atteintes de tuberculose à un degré plus ou moins avancé, nous apprîmes à mieux nous connaître. Nous étions une vingtaine au départ et seize à la fin des six mois de probatoire. Ces quatre jeunes femmes nous avaient quittées pour des raisons familiales ou sentimentales. C'était dommage d'arrêter en route. L'ambiance était très bonne, nous étions soudées. Les études nous forgeaient. Nous partagions l'angoisse de celles qui avaient un problème personnel.

Un jour, la petite Josette, la plus jeune de la promotion avec ses dix-huit ans, nous raconta que le matin même, elle avait tenu " *le haricot* " à une dame qui vomissait. Cela lui souleva tellement l'estomac qu'elle vomit avec elle dans le même bassin. Nous avons bien ri, tout en compatissant. Nous devrions bien souvent supporter des haut-le-cœur dans ce métier. Mais nous devions malgré tout assister le malade et le réconforter.

Un matin, la même Josette renversa sur sa blouse le crachoir d'une malade. Pour économiser ses pas dans les couloirs de plus de cent mètres de long, elle avait pris plusieurs de ces récipients entre sa poitrine et l'avant-bras. Catastrophe ! Justement ce jour-là à midi on nous servit des épinards mixés. Elle jura que de sa vie elle n'en mangerait plus ! *Paura pichona !* *

En service un matin, je croisais Georgette dans l'ascenseur qui me demanda :

« Où vas-tu ?

- Je cherche une guillotine, en vain.

- Tu cherches quoi ?

- Oui, je passe toutes les chambres sans pouvoir en trouver une.

- C'est au moins pour une perfusion ?

- Oui !

- Alors ne fais pas peur à toutes les malades en demandant une guillotine, ça s'appelle une potence !

- Quelle bêtise alors, c'est bien de moi, ça ! »

Paura pichona ! : Pauvre petite !

On ne pouvait plus s'arrêter de rire. Et les autres amies se moquèrent bien de moi quand on leur relata cette confusion. Avec Georgette, on en rit toujours à chacune de nos rencontres dans la vie. Certains fous rires ne s'oublient jamais.

A l'école, nous étions toutes bien démunies d'argent, beaucoup à la merci de leurs parents. Avec mes dix francs par jour je me trouvais encore assez privilégiée comparée à d'autres. La petite Josette vint me trouver un jour, toute triste.

« Maman, je ne peux même pas écrire à ma famille. Est-ce que tu n'aurais pas un timbre ? »

Ce mot " *Maman* " me toucha profondément. Pauvre petite. Bien sûr que j'avais un timbre. Il fut demandé et accepté tout simplement, avec le cœur.

Que d'infimes petits services nous sommes-nous rendus ! On ne peut les citer tous car ce sont des choses de la vie qui paraîtraient peut-être risibles pour certains. Mais ils ont une telle importance pour les plus démunis qui le cachent, justement.

Une autre fois, l'une d'entre nous reçut une lettre de ses parents. A l'heure du courrier nous étions toutes présentes. Soudain elle dit :

« Mais non, ce n'est pas vrai ! »

Elle tournait et retournait sa lettre en tous sens, regardait encore dans l'enveloppe ouverte. Elle était au bord des larmes.

« Qu'y a-t-il, petite ?

- Ça alors, redit-elle. Ma mère m'a écrit comme chaque mois qu'elle m'envoie cent francs et je ne trouve rien. Je ne pourrai même pas me payer le taxi pour aller à Puycerda dimanche. »

Elle écrivit aussitôt à sa mère qui ne voulut rien admettre, affirmant qu'elle lui avait bien envoyé cet argent. Pauvre enfant !

Nous la connaissions si bien ! Elle vint quand même avec nous à Puycerda.

Nous la sentions si malheureuse, impuissante et révoltée !

Quant à moi, j'étais en plein divorce. Georgette aussi avec ses quatre enfants dont s'occupait son mari. Il était défendu de nous rendre dans nos familles. Le docteur L. me fit appeler plusieurs fois par l'intermédiaire de l'avocat "*pour mon divorce* ". Cela me permettait de revenir au pays pour voir Françoise et mes parents. Le docteur venait me voir aussi, s'intéressant à mes études. Il m'accompagnait à la gare, ayant déjà acheté mon billet de retour. Cela me gênait et je le lui manifestais. Il me répondait alors :

« Avez-vous oublié que vous êtes ma fille ? »

Quelle générosité de cœur ! Il savait que je n'avais que dix francs par jour de la sécurité sociale au lieu des vingt auxquels j'aurais pu prétendre. Mon patron n'avait déclaré que la moitié de ma paye. Ce nanti ignorait sciemment le dévouement que j'avais eu envers lui. J'étais allée plusieurs fois au magasin jusqu'à minuit pour que l'étalage soit complètement refait à l'ouverture, le lendemain matin.

Que jamais cet homme n'ait à vivre de misère physique et morale !

Dans cette école, avec toutes ces jeunes ou moins jeunes femmes, je recommençais ma vie. Etait-ce l'air des montagnes, nous étions assez excitées, « *oxygénées* », disions-nous.

Dans la chambre 431 où nous logions à trois, Suzanne, Georgette et moi, c'étaient des fous rires continuels, suivis parfois de subites crises de larmes. Nous nous réconfortions mutuellement, engagées sur le même bateau.

Chaque semaine, en service, on nous attribuait les chambres où nous devions prodiguer nos soins. Nous allions par deux. Parfois nous étions de " *corvée* ". La matinée commençait alors plus tôt que d'habitude. Nous allions aux cuisines chercher le petit-déjeuner pour l'école. Le lait et le café étaient contenus dans des bidons. Le valet nous donnait aussi le pain, le beurre et la confiture. Ah ! Le valet, il ne fallait pas lui faire des discours, il semblait toujours sur ses gardes, comme si nous allions le violer ! Cela nous faisait bien rire. Après le repas matinal commençait le service : prise des températures, distribution des médicaments au vu des prescriptions médicales sous l'œil vigilant de l'infirmière. Toutes ces soignantes étaient indulgentes et souriantes à nos maladresses, patientes de surcroit. N'avaient-elles pas été élèves elles aussi, avec cette stricte devise « Servir et transmettre »

Un jour je m'appliquai à purger une seringue que je tenais à hauteur des yeux.

Mademoiselle Vidal me dit : « Vous travaillez comme une infirmière d'opérette. »

C'était vrai. J'avais vu ce geste dans un film et le croyais adéquat. J'appris autrement. Cet apprentissage était un travail d'écoute, d'observation, de discipline, où l'on devait rester modeste. La science n'est infuse pour personne. Il fallait observer pour appliquer. Ainsi qu'à l'école primaire et au collège, je posais des questions, m'informais. En fin de stage, Mademoiselle Vidal, écrivit sur moi entre autres appréciations : « Une agréable bavarde. »

Nous gardons encore le souvenir de nos espiègleries. Les couloirs faisaient plus de cent mètres de long. Un jour, à quatre ou cinq, Georgette en tête, nous nous sommes élancées en courant, finissant en une longue glissade avant d'atteindre le bout du couloir. Nous sommes tombées nez à nez sur tous les médecins qui arrivaient. Ils marchaient sur toute la largeur du couloir. Ils nous retinrent de justesse pour ne pas être heurtés. Ils sourirent. Confuses, nous avons ri de plus belle peu après.

Une fois acquises les notions d'asepsie, la manipulation et l'entretien des instruments il y eut l'épreuve des injections. D'abord les intramusculaires. C'était facile. Il suffisait de bien localiser le point de piqûre et d'avoir la technique du geste, sans hésitation malgré tout !

Mais Suzanne Reischell ne pouvait arriver au bout de son geste. Notre patiente monitrice lui faisait piquer des oranges, des coussins. Mais pour Suzanne, piquer une fesse était impossible ! Je lui offris les miennes, restant plus de demi-heure la culotte baissée pour qu'elle envoie son aiguille. Rien, impossible. La monitrice lui dit :

« Vous avez beaucoup de chance que Madame Cévennes soit aussi coopérante pour vous aider. » Je l'encourageais : « Allez, vas-y, pique ! »

Et un matin, enfin, elle piqua. Cette date aurait dû être marquée dans les annales ! Pauvre collègue ! Et malgré tout elle faisait très bien les intraveineuses. C'était étonnant.

Elle était de la région de Belfort. Elle était frappée de logorrhée disions-nous entre nous. Elle parlait vraiment sans arrêt. Elle concluait toutes ses phrases par ces mots : « *C'est com'j'te'l dis !* » Cela devint presque un sobriquet qui nous faisait sourire.

Novembre et décembre nous donnèrent le spectacle magnifique des montagnes enneigées. Notre chameau était tout blanc. Je réalisais que les cartes postales n'étaient pas menteuses, ni sorties de l'imagination d'un peintre. Ah ! Ces touches jaunes, roses, bleutées, sur les versants ou les cimes ! Cela me faisait rêver. Je m'extasiais.

Nous avions une luge à notre disposition et nous en faisions dans le parc, y montant à trois pour de belles glissades et des chutes mémorables ! Que de rires !

Je partis en week-end à Albi. Le train roulait dans un paysage de neige. C'était exaltant. Quand je revins le dimanche soir, on me raconta que toutes les élèves étaient allées passer la journée à Font-Romeu et qu'Isabelle avait fait une chute de traîneau. Elle s'était fracturé le coccyx. Il n'y avait rien à y faire si ce n'est subir dans la douleur. Pauvre Isabelle qui gémissait en grimaçant ! Cela nous faisait sourire mais on la plaignait quand même. On se moquait un peu d'elle aussi. A la télévision un comique disait dans sa chanson : « Isabel..., apport' l'enclum' » Ce qu'on a pu le lui rabâcher, surtout le jour où elle lava sa très longue chevelure dans le lavabo. Elle n'avait pas mis la bonde et ses cheveux partirent dans la tuyauterie. Elle les retira en gémissant, horrifiée de voir comment ils en étaient ressortis. Ses belles mèches avaient ramoné la conduite et elles se trouvaient dans un bien piteux état.

« Et à présent, comment vais-je faire pour les nettoyer ? »

Je lui dis alors en riant : « Isabel..., apport'... l'enclum'... »

Si ses yeux avaient été des pistolets je crois bien qu'elle m'aurait tuée. Elle en eut un ressentiment pendant un certain temps puis elle en rit avec nous. Elle était gentille.

Un soir, nous révisions allongées sur nos lits. Nous entendions dans la chambre à côté des rires et des bavardages interminables. Que pouvait-il se passer ? Nous avons décidé d'ausculter le mur avec nos stéthoscopes mais c'était confus. Suzanne avait une paire de sabots en bois pour aller en service. J'en pris un et le plaquais au mur, mon oreille contre la semelle. Georgette fit pareil. Nous entendions bien mieux. Monsieur de Laennec avait-il eu cette idée géniale ? Nous avons bien ri.

Nous avions dans notre promotion une jeune noire de vingt-cinq ans, Lucienne, qui avait peur de la mort et n'osait pas seulement toucher notre Oscar, le squelette. Un soir, nous le décrochâmes de sa potence. Dans la chambre à côté, chacune était sur son lit en toilette de nuit. Georgette frappa à leur porte. Je tenais Oscar : « *Entrez !* » Je commençai par passer le bras d'Oscar par l'entrebâillement de la porte. Je le secouai un peu de haut en bas : « *Bonsoir !* » dis-je d'une voix gutturale. Et d'un seul coup, nous entrâmes dans la chambre, nous précipitant vers le lit de la malheureuse Lucienne qui poussait de hauts cris. La pauvre ! Et l'on riait !

C'est à ce moment-là que nous étudiâmes l'alcoolisme. J'écrivis sur deux cartons différents : " *Avant* " et "

Après ". Je couchai le squelette dans mon lit et m'allongeai à ses côtés. J'installai sur mon ventre la pancarte " *Avant* ", tandis qu'Oscar tenait entre ses grandes mains " *Après* "... Il semblait rire de toutes ses dents. J'appelai les filles en leur disant que j'étais malade en étudiant la lutte contre l'alcoolisme. Georgette et Suzanne firent entrer Lucienne la première. Elle cacha son visage en hurlant. Hurlait-elle de rire ou d'horreur ? Les autres élèves défilèrent en pyjama. Quelle partie de rires ! On remit Oscar à sa potence en se disant qu'il y avait bien longtemps qu'il n'était pas allé au lit avec une femme. Je l'aimais bien notre Oscar !

C'était la période où, par snobisme, il m'arrivait de fumer une petite pipe. Une idée me prit. Avant d'entrer en cours, je dis aux filles que j'allais donner un petit plaisir à Oscar en lui faisant fumer ma pipe. Je l'allumais et la lui coinçais entre les dents. Je regagnais vite ma place. Le docteur Lepirez entra et se planta un instant devant Oscar. Se retournant, il dit :

« Qui a fait ça ?

Je me levai, rougissante :

- C'est moi, Monsieur !

- Bon, j'admets que cela peut prêter à sourire, mais dites-vous qu'Oscar fut un éminent professeur qui donna son corps à la science et qu'il vous aide encore à étudier.

Je lui fis mes excuses, en affirmant qu'il n'y avait là aucune raillerie mais que je voulais lui donner encore un petit plaisir dans son au-delà.

« Bien, on n'en parle plus ! » Il souriait.

Quelques temps plus tard, le docteur L. me raconta une farce de médecins pendant leurs études ainsi que les conflits qu'il y avait entre les étudiants en médecine et les vétérinaires. Ils mangeaient au même réfectoire. Un jour, dans son assiette, un élève médecin trouva sous sa serviette des pis de vache. « Heu… ! »

Il les garda et dit aux autres étudiants : « Vous attendrez demain à telle heure en face de la halte des autobus et vous observerez. »

Le lendemain, cet étudiant paraissait attendre l'autobus en sifflotant, les mains dans les poches de son pardessus. Arriva une dame d'âge moyen. Sans en avoir l'air il écarta alors des deux mains son pardessus, laissant apparaître un sexe de bonne taille qui sortait de sa braguette. Gênée la dame s'approche de lui :

« Pardon, Monsieur, mais… remettez-vous ! »

D'un air très étonné il baissa les yeux, regarda et lui dit :

- Oh ! Ce n'est que cela ! »

Il sortit alors de sa poche une paire de ciseaux et coupa le sexe au ras du pantalon.

La pauvre femme s'évanouit pendant qu'il s'enfuyait.

Il avait tout simplement cousu le pis de vache à sa braguette.

Cette plaisanterie était tout de même bien pire que celle de ma pipe, non ?

Un samedi après-midi, nous chahutions, les filles me poursuivaient et je partis me cacher dans les toilettes à l'étage en dessous. Là, assise sur l'abattant de la cuvette, je fis une poésie grivoise sur l'école et les élèves. Les filles me cherchaient partout. Quand je remontais elles me dirent :

« Mais où étais-tu ? On nous a pris une photo de groupe avec la monitrice et le docteur Lepirez ! »

Dommage ! Je ne suis pas sur la photo de l'école des Escaldes de décembre 1969 et je le regrette. Tant pis !

Les fêtes de Noël nous permirent de partir dans nos familles durant une semaine. Pour le Premier de l'An, nous étions de retour à l'école. Le personnel avait organisé pour ce soir-là un petit réveillon avec bal pour certaines malades et les élèves. Il y avait aussi le jeune aumônier, un Castrais, voisin d'Albi. Il nous fit danser à tour de rôle. Qu'il dansait bien ! Johnny Halliday chantait sur son disque des « Que je t'aime…que je t'aime… » à n'en plus finir. Jusqu'à nous en donner de la mélancolie. Nous dansions entre nous, mais avec tout de même le cafard dans le cœur. A minuit nous regagnions nos chambres respectives.

Nous venions d'entrer en l'an 1970.

Vers la fin des stages, nous subîmes une sorte d'examen chez le docteur Sourd. Il nous fit passer une interrogation individuelle. Nous avions l'appréhension des examens. Quand mon tour arriva, j'eus une question inattendue :

« Comment faites-vous, madame, pour manger ?

- Eh ! Bien !... Je mets en mouvement mes deux mâchoires pour mastiquer !...

- C'est bien ce que je pensais, vous mangez comme les crocodiles ! »

Il devait bien rire sous cape notre professeur pince-sans-rire. J'étais dans la plus grande confusion. Puis il y eut d'autres questions, bien sûr. C'était une façon de nous déstabiliser.

Pour chacune des élèves ce fut la même chose, avec des questions différentes.

Nous comparions toutes nos notes suivies d'encouragements, avec une pointe d'ironie qui nous faisait sourire. Nous sommes toutes passées en deuxième année, laissant hélas, derrière nous les quatre élèves qui nous avaient quittées. C'était dommage. Nos vies se séparaient.

Georgette est sortie major de l'école. Elle le méritait, car elle était très forte, disposant d'une excellente mémoire. Elle nous aida bien souvent, l'une ou l'autre, généreusement.

Mademoiselle Noël que l'on nous présenta, était la directrice de l'Ecole d'Infirmières de Montpellier.
Elle était venue présider les examens. Elle nous intimidait d'autant plus que le bruit courait qu'elle était très sévère. On nous informa que dans les premiers mois de l'année suivante, nous continuerions nos études à Montpellier sous sa férule. Je tremblais d'émotion à la perspective de

cette nouvelle aventure à vivre. Je n'avais jamais quitté le Tarn.

On nous demanda s'il y avait des élèves qui voulaient arrêter leurs études à ce Diplôme Sanatorial ou si nous voulions aller jusqu'au Diplôme d'Etat. Nous avons unanimement opté pour la deuxième solution. Ainsi nous aurions du travail, sinon il nous faudrait nous cantonner aux sanatoriums qui allaient disparaître peu à peu, la tuberculose étant sur le point d'être éradiquée en France.

Le temps avançait.

Notre dernier jour aux Escaldes était un dimanche. Mademoiselle Fillot nous prit à Font Romeu avec Georgette et Suzannette. Nous ne devions prendre le train pour Toulouse qu'en fin d'après-midi. Ce fut un bon après-midi dans la neige. Les pieds gelés, nous réalisâmes tout à coup que l'heure était bien avancée. Et nos valises qui n'étaient pas prêtes ! Nous nous sommes engouffrées dans la voiture et nous avons roulé très vite vers les Escaldes, avec la crainte d'un malheureux dérapage. Mais nous avions une bonne conductrice qui avait l'habitude des routes du pays. A l'arrivée, nous nous précipitâmes vers notre chambre. Il nous semblait que l'ascenseur n'arriverait jamais au quatrième étage.

Le valet nous remit nos valises rangées dans le grenier. Le placard fut vite débarrassé de nos affaires. Nous avions chacune une étagère. Nous avons bourré rapidement nos sacs en une véritable course contre la montre. Je tassais... je tassais... Je tentais de refermer le couvercle de ma valise en carton. Nous étions à trois à nous acharner sur le couvercle du bagage…et crac… ! Les charnières ont cédé. Vite, nous voilà parties à la recherche d'une ficelle ! On tira, on poussa, on noua !

Nous redescendîmes en trombe avec nos valises. La monitrice nous attendait dans sa voiture. Elle nous conduisit rapidement à la gare. Le train arrivait. Les billets ? Pas le temps ! On les prendrait dans le train nous dit le contrôleur voyant notre affolement. Et hop ! En voiture ! Trois places. Ouf ! On n'en pouvait plus, mais on riait quand même ! Nous l'avions échappé belle !

Je me mis en devoir de déballer ma valise au milieu du couloir car elle ne pouvait que s'ouvrir, en gare Matabiau, au changement de train. Les voyageurs présents, amusés, regardaient avec intérêt l'amoncellement d'affaires que je rangeai au mieux. Le contrôleur qui riait aussi enjamba l'étalage d'affaires. C'étaient " *les puces* ". Enfin, la ficelle remplit bien sa fonction et tint jusqu'à Albi. Mais trente-huit ans après, nous en parlons encore en riant avec Georgette. Elle reste la seule de la promotion avec laquelle j'ai encore des contacts.

Pour le prochain voyage vers Montpellier je fis réparer solidement les charnières de la valise par le cordonnier. Je profitais avec délectation de quinze jours de vacances avec ma fille Françoise et mes parents.

Montpellier

Par des connaissances, ma sœur avait réussi à me trouver un logement de deux pièces à Montpellier, derrière la Préfecture. Afin de ne pas trop me charger je devais acheter des draps sur place en arrivant. J'arrivai avec ma valise et mon sac à main. Dans cette ville inconnue je cherchai mon logis, rue du Berger. Je pus enfin y déposer mon bagage. Je ressortis, à la recherche d'un magasin. Je me retrouvai dans une manifestation d'étudiants qui menaient grand tapage. Ils me paraissaient très agités. J'entrai dans la première rue adjacente pour m'éloigner d'eux, trouvant enfin un supermarché pour acheter mes draps. Je fis mon lit et partis me présenter à l'école, avenue Grasset. Je trouvais cette avenue interminable. L'école était belle, située dans une maison de maître, une espèce de petit château du XIXè siècle.

Je pris une douche, mangeai et l'on me garda pour dormir à l'école cette première nuit. Le lendemain soir je dormis rue du Berger. Dans cet appartement le confort et l'hygiène étaient illusoires. Dans la cuisine, au milieu d'un pan de mur, caché par un rideau circulaire, un W.C. turc servait aussi de douche grâce à une clayette qu'il fallait installer pour se laver au-dessus du trou d'évacuation !

Les cours commencèrent le troisième jour. Je fis le trajet en bus, mais c'était long et coûteux pour mon maigre budget. A l'école les autres filles avaient la chance d'être prises en charge par la sécurité sociale. Je n'avais droit qu'aux soins, aux cours et aux repas. J'enviais les internes et elles me manquaient. Suzanne et Georgette étaient dans la même chambre au deuxième étage.

Les stages avaient lieu à l'hôpital Saint Eloi, sur la même avenue que l'école mais bien plus loin. Les repas de midi et du soir nous étaient fournis. Je pouvais encore y prétendre jusqu'à la fin de l'année scolaire. Tous ces déplacements, à pied ou en bus me fatiguaient.

Le dimanche suivant, j'allai récupérer à Albi mon vélo Solex. Il me donnerait plus de liberté. Un plein d'essence serait suffisant pour rouler toute la semaine et à bien moindre coût qu'en payant les transports publics.

J'étais à la recherche d'une autre chambre. J'en visitais plusieurs dans la semaine. Quelle surprise de constater qu'aucune ne fermait à clé. Dans une location que l'on me proposa, la porte ne fermait même pas hermétiquement car elle était plus petite que l'encadrement de la porte. Quelle honte d'exploiter ainsi la misère des étudiants ! Sur ces entrefaites, une élève de deuxième année me dit qu'elle abandonnait la chambre qu'elle occupait à proximité de l'école. Je saisis cette occasion de me rapprocher, quittant la rue du Berger après une semaine de location. Ma nouvelle propriétaire était une personne âgée. Je partageais avec elle la salle d'eau qui était d'une propreté douteuse. Il n'y avait ni douche ni baignoire. Ma porte était dépourvue de clé. La chambre en rez-de-chaussée donnait sur la rue. Le samedi suivant, le docteur L. vint me rendre visite. Il entra par la fenêtre. Je lui dis mon mal au dos et il n'en fut pas étonné en constatant l'état du sommier à ressort qui faisait cuvette. C'était la rançon des prix bas.

« Vous allez vous abîmer le dos et en ressentir encore plus de fatigue » me dit-il.

Alors que je rentrai de mon stage, il m'annonça qu'il m'avait trouvé un studio convenable rue Llull, deux rues à côté de l'école, à mi-distance de l'hôpital. Il m'aida à y déménager. Il y avait un lit, une table et une armoire. C'était suffisant avec mon réchaud de camping pour faire chauffer mon petit-déjeuner. Un petit parc égayait le devant de ma fenêtre. C'était tranquille. Il repartit content le soir même.

Les mois passaient, de service en service, dans les hôpitaux Saint Eloi, Saint Charles et à la maternité des Arcades.

Un jour on m'envoya en ambulance à Saint Charles avec un jeune enfant que je portais dans les bras, pour lui faire faire des examens radiologiques. Passant devant une chambre, je vis des enfants, tête rasée ou avec des bandeaux. Mon cœur se serra très fort au souvenir de l'hôpital de Bordeaux. Le visage de ma petite Colette fut soudain omniprésent. Il m'était pénible de faire bonne figure. Les examens durèrent et je rentrais à l'école vers treize heures pour manger. On m'avait réservé le repas. J'étais triste.

Une autre fois, je vis un homme qui se tordait de douleur sur un brancard. « *Coliques néphrétiques* », me dit la surveillante. Je qualifiai ces douleurs-là de frénétiques.

Les élèves infirmières sont parfois taillables et corvéables à merci. A midi, à l'heure du changement de service, il était si facile au personnel en poste de partir en demandant à la stagiaire de rester quelques minutes de plus pour assister le chirurgien qui arrivait en urgence. Ce jour-là, un homme criait son insupportable douleur. Il était dans un couloir sur un fauteuil roulant, avec le chariot des soins à côté de lui. Il avait la gangrène à un orteil qu'il fallait amputer. L'intervention fut très courte. Le chirurgien fit une incision circulaire, il se saisit de l'orteil, tourna et tira. Quelques points suffirent. C'était terminé. Le patient ne criait plus, guéri. Je trouvai cela extraordinaire. Je ne regrettai pas d'être en retard à l'heure du repas.

Toutes les élèves étaient intéressées pour assister à des opérations chirurgicales. Nous briguions la place.

Un jour, en rhumatologie, Paul, un infirmier du service, me dit :

« Je vous prends avec moi pour une opération. »

J'étais contente et regardai mes collègues souriantes. Je partis avec Paul et le chariot des soins. Au bout du couloir, Paul me dit : « Vous savez, ce n'est pas pour une amputation de la jambe, ce serait plutôt le contraire. Je ne veux pas que vous soyez surprise. Il s'agit d'un homme décédé et nous devons le rendre présentable à sa famille. Nous allons lui recoudre sa jambe amputée. » Après avoir fait notre travail nous avons habillé le mort.

Ce même Paul me demanda un matin d'ôter les points d'une très longue plaie cicatrisée. Il resta auprès de moi. Cette plaie était cousue avec des points en U majuscule.

« Allez-y », me dit-il.

Je réfléchis un instant et coupai au bas des U avec le ciseau. Je commençais à sortir les fils avec les pinces, rapidement.

« Arrêtez !, me dit l'infirmier. Où avez-vous appris cette technique ?

- C'est mon idée. J'ai repensé à la méthode que j'utilisais pour défaire les broderies au point d'épine, alors j'ai fait pareil !

- Eh bien ! Nous venons de faire une découverte en service de chirurgie.

Il appela les deux élèves " *mercusottes* " * qui furent priées de continuer à enlever les points. Avec les deux pinces, elles saisirent le fil, le tirant, le faisant repasser dans la plaie. C'était long et contraire à l'asepsie.

mercusottes : La directrice de leur école s'appelait Mercusot

Paul me dit :

« Recommencez comme tout à l'heure. »

Je repris mon procédé qui était tellement plus rapide et efficace.

Les deux élèves n'en revenaient pas. « Méthode adoptée ! » dit Paul.

Il en fit part à la surveillante et j'eus une excellente note de stage.

Tout de même, pour rêver un peu : " *Technique Cévennes* " m'aurait flattée. Les petits et les sans grade restent toujours ignorés. Il y en a tant ! Allez, " *modestie* " est inscrite au fronton de la nation !

Entre élèves, nous échangions sur nos expériences de stages.

Quand j'eus narré celle de la jambe recousue, Georgette, qui avait justement assisté à une amputation de la jambe nous raconta :

« Le chirurgien m'apostropha : « Elève, tenez-lui la jambe. » C'était comme chez le boucher. Il découpa le muscle tout le tour et il tailla en repoussant les chairs. Il prit la scie électrique et d'un coup, vlan, la jambe me pesa si lourdement que je faillis la laisser tomber au sol. Surprise, je dis, gênée quand même :

- Qu'est-ce que j'en fais ?

Le patron, les assistants et infirmiers ont bien ri de la tête que je faisais :

- Posez-la dans la bassine contre le mur ! »

« Si vous saviez comme cela pèse une jambe ! », nous affirma Georgette, mi-figue, mi-raisin.

Nous avons ri nous aussi, au risque de nous retrouver dans la même situation à notre tour. En tous cas, nous étions prévenues.

Au tribunal

Il y avait un trimestre que nous étions à « l'Ecole d'Infimières des Escaldes », rue Grasset à Montpellier. J'étais externe. J'allais désormais manger au CROUS, le restaurant de la faculté.

Je reçus une lettre de la Sécurité Sociale, me demandant de bien vouloir me présenter au tribunal d'Albi la semaine suivante à onze heures du matin. J'en informais le docteur L. par téléphone pour savoir de quoi il pouvait bien s'agir.

« Je n'en ai pas la moindre idée, mais je vous attendrai à la gare d'Albi pour vous y amener. »

Au vu de cette convocation la directrice me donna la permission de m'y rendre.

J'arrivai au tribunal comme convenu. C'est une grande bâtisse, un ancien couvent avec sa cour et ses arcades. On accède à la salle d'audience par la Place Lapérouse. Nous entrâmes. Beaucoup de places étaient déjà occupées. Nous attendîmes.

Sur une estrade, au fond de la salle, il y avait trois juges; un peu plus loin une greffière, puis le procureur et un avocat qui plaidaient.

Plusieurs personnes furent appelées, chacune assistée par différents avocats. Il était question de clôtures, de vaches, de larcins. Je regardai le docteur, incrédule et lui soufflai : « Qu'est-ce que j'ai à voir avec tout ça ? » Il souleva les épaules, l'air ignorant : « Attendons, on verra bien ! »

Soudain on m'appela.

Le docteur me souffla : « Levez-vous ! » Ce que je fis.

« Veuillez vous approcher, Madame », me dit le juge.

Gênée, j'avançai dans l'allée centrale, vers la tribune où le juge m'invita à monter d'un signe de la main.

« Bonjour, Monsieur. Une voix derrière moi murmura : "*Monsieur le Juge* ."

- Savez-vous pourquoi vous êtes là ?

- Non, Monsieur. La voix murmura encore : *" Monsieur le Juge ".*

- Non, Monsieur le Juge, voici ma convocation.

- Alors vous ignorez vraiment pourquoi vous êtes là ?

- Absolument, Monsieur le Juge.

Un avocat était monté sur l'estrade peu avant moi. Le juge me dit :

- Voulez-vous que Maître X, représentant la sécurité sociale commence pour vous donner une idée de la raison de votre présence ici ? Avez-vous un avocat ?

- Je n'ai pas d'avocat, Monsieur le Juge, parce que je ne sais absolument pas ce que je fais ici, mais je vais le savoir si Maître X veut bien commencer. D'ailleurs, s'il me fallait un avocat, je ne pourrais pas le payer.

- Maître, veuillez donc commencer et donner vos arguments.»

L'avocat me salua. Il me dit qu'il était le remplaçant de l'avocat en titre de la Sécurité Sociale. Il ajouta :

- A partir de ce jour, la Sécurité Sociale ne vous prend plus en charge pour continuer vos études que vous poursuivez depuis plus d'un an à sa charge à l'Ecole d'Infirmières des Escaldes, comme malade. Les soins continueront toutefois de vous être accordés. »

Je sentis mon sang se glacer et je dus changer de mine. Je restais muette tant je venais d'être assommée par cette déclaration. Le juge me regardait :

« Alors, Madame, puisque vous n'avez pas d'avocat, donnez-nous vos arguments pour votre défense.»

Soudain réveillée je dis :

« Ah c'est donc pour cela que je suis convoquée ! Non, vraiment, je n'ai pas besoin d'avocat. Mais j'affirme solennellement que je refuse cette décision.

- Expliquez-vous, Madame. »

J'étais oppressée. Je repris :

« Eh bien, Monsieur le Juge, je refuse ce que demande la Sécurité Sociale parce que je suis française et que j'ai toujours travaillé en payant mes cotisations. Je suis dans une école avec des élèves que j'estime. Mais parmi elles, sont des Espagnoles, deux noires étrangères, une Hollandaise. Elles sont admises et sont même pensionnaires alors que moi je loge en ville. Depuis trois mois on me refuse les repas à l'école... alors que tous les restes sont donnés aux cochons de la maternité. Pourquoi ? »

J'étouffais, en sanglots, ne pouvant plus parler.

« Madame, remettez-vous, respirez, prenez votre temps. »

Je ressentis une grande bonté de la part de cet homme. Je respirai profondément, étouffant les sanglots qui me secouaient encore.

« Il y a trois mois, Monsieur le Juge, je revenai de stage de l'hôpital Saint Eloi, un peu en retard en raison d'une urgence qui m'avait retenue au service pour une intervention. Je rentrai fatiguée, affamée je puis dire. J'allai à la salle à manger pour regagner ma place à table. Une compagne me dit :

« La directrice t'attend dans son bureau.

- Ah ! Bon !»

J'y allai.

Sèchement, la directrice me dit :

« A partir d'aujourd'hui vous n'avez plus le droit de manger à l'école.

- Même pas pour ce repas de midi ?

- Même pas, c'est la loi.»

J'ai cru que le ciel me tombait sur la tête. Et dire que mon repas serait donné aux cochons de la maternité ! Sur la porte de la salle à manger j'annonçai cela à mes compagnes révoltées ! J'allai donc au salon, j'avais faim. Debout, la tête et le ventre vides, je vis bouger les rideaux de la porte. C'était une autre élève dans la même situation que moi.

« Allez, on ne va pas se laisser abattre, il nous faut d'abord manger. On va à la pension de famille sur l'avenue. »

Nous avons mangé, oui, mais le repas coûtait dix francs. C'est la somme que je touche par jour de la Sécurité Sociale pour vivre. J'ai entraîné ma collègue au CHU de Boutonnet afin d'y rencontrer une assistante sociale à laquelle nous avons raconté notre situation. Elle fut très bonne. Elle nous encouragea et nous remit à chacune un carnet de tickets avec lesquels nous pourrions manger pour un franc cinquante par jour, à midi. Nous étions sauvées. Cette dame me fit attribuer aussi un studio à la cité universitaire, nettement moins cher que ma location en ville.

Quand nous sommes revenues à l'école, toutes les filles nous entourèrent pour nous donner en cachette une orange, un morceau de pain, un bout de fromage… Quelle fraternité ! »

Et je me remis à pleurer au souvenir de ces gestes d'amour de nos amies.

« Calmez-vous, Madame… Et alors ? »

Mon mouchoir était mouillé de larmes. J'avais quitté mes lunettes pour les essuyer et me sentais rouge de honte et de colère. Je respirais à fond deux ou trois fois.

« Et alors Monsieur le Juge, que faire ? Je ne puis que vous redire que je refuse ce rejet de la Sécurité Sociale. Ce serait signer l'arrêt de mes études. Que voulez-vous que je fasse ? J'ai une fille de douze ans à élever. Mon mari est dans un hôpital psychiatrique depuis près de deux ans. J'ai travaillé pour m'en sortir et je tombe malade. Que devient alors ma fille entre un père enfermé qui met délibérément le drap sur sa tête pour ne rien voir du monde, et une mère tuberculeuse ? J'étudie pour élever dignement ma fille et la faire monter au moins au niveau que je voudrais atteindre. Je veux m'en sortir ! J'étais bénéficiaire d'une aide de la Sécurité Sociale et je ne veux à aucun prix abandonner mes études, parce que je sais pourquoi j'étudie, Monsieur le Juge ! »

Je ne pouvais plus parler. Il me semblait qu'il y avait des murmures dans la salle à laquelle je tournais le dos.

Le juge attendit un instant, puis se tournant vers l'assistante sociale et la greffière, il leur dit :

« Mademoiselle C., avez-vous vu passer le dossier de cette dame ?

- Non, Monsieur le Juge.

- Et vous, Maître, qu'en pensez-vous, dit-il, en se tournant vers l'avocat qui me regardait tristement.

- A vrai dire, Monsieur le Juge, je ne suis que remplaçant dans cette affaire, mais je dois reconnaître très honnêtement que cette dame est méritante et accablée par la vie. Sa situation est à examiner particulièrement. J'en référerai à la Sécurité Sociale. Mademoiselle C. n'avait pas de dossier.

- Mais comment cela se fait-il ?, dit le juge. Qu'en pensez-vous Madame, vous aviez bien monté un dossier avant d'entreprendre vos études ?

- Oui, Monsieur le Juge, à Carmaux, au dispensaire, où l'on a justement à ce moment-là découvert ma tuberculose.

- Vous vous occuperez de cela, Mademoiselle C. »

Se tournant vers moi. « Vous ferez une liste de toutes vos dépenses sans en rien omettre, loyer, déplacements, nourriture, entretien, école, et tout le reste. Vous la transmettrez à l'assistante sociale de la Sécurité Sociale que je désignerai. Et pour commencer, Mademoiselle C., vous allez faire une demande d'aide immédiate pour cette dame et son enfant. A commencer par huit mille francs tout de suite, quatre mille francs à Noël et deux mille francs à Pâques.

Se tournant vers moi

« Soyez rassurée, Madame, dès demain vous rentrez pensionnaire dans votre école, avec une prise en charge totale. Etudiez, vous vous en sortirez, cela vous honore de lutter, ayez confiance. »

Je n'oublierai jamais cette poignée de main, à deux mains, et ce sourire du juge. Je ne pus que souffler un faible :

« Merci, Monsieur le Juge. »

Je regagnai ma place, mais il n'y avait plus le docteur L.

Je sortis sous les regards de gens qui attendaient et qui avaient tout entendu.

Je repartis, fière de la justice qui était juste.

Le docteur m'attendait dans la salle des pas perdus. Il prit ma main qu'il baisa.

« Mon pauvre petit. J'étais tellement ému par votre propre défense, que j'ai dû sortir pour ne pas éclater. Des gens pleuraient à côté de moi. Vous vous êtes battue comme une lionne. Allez, je vous prends chez vos parents. Quel homme, ce juge, tout de même ! »

Le soir même, je reprenai le train pour Montpellier. Le téléphone avait bien fonctionné, car le lendemain, la directrice m'invita, tout sourire à m'installer à l'école comme pensionnaire.

Mes affaires furent vite emballées. Je pris un taxi et ouvris ma valise au deuxième étage de la maison bourgeoise de l'école. J'étais seule dans une chambre, en face de celle de Georgette et de Suzanne. Je regrettai de ne pas être avec elles, mais enfin, elles étaient à côté de moi. Une autre vie commençait, sans la contrainte des déplacements en Solex que je rangeai au garage de l'école. Les repas m'étaient fournis. Le rêve ! Et surtout je pouvais réviser dans le parc avec mes amies retrouvées.

Avenue Grasset

Après le petit déjeuner, nous partions à l'hôpital Saint Eloi, vers nos lieux de stage. Nous étions disséminées dans divers services, par deux, une élève de première année avec une élève de deuxième année.

Un après-midi, en étude, la monitrice, Madame Chaigneaud nous demanda nos impressions de stage. Certaines étaient contentes, d'autres moins. Quand ce fut à mon tour, je manifestai mon dépit d'avoir été traitée comme une femme de ménage puisque avec ma compagne de seconde année nous avions été occupées à laver les murs de l'infirmerie. La monitrice en fut outrée et nous fit changer de service dès le lendemain.

C'est en post-opératoire que je commençai vraiment un travail d'infirmière. Avec ma collègue, nous eûmes à charge plusieurs malades. Nous mettions tout notre cœur et notre responsabilité à les soigner et à les surveiller. La femme d'un malade nous félicita pour notre dévouement et cela nous encouragea beaucoup.

Un grand-père était atteint d'un cancer en

phase terminale. La surveillante défendait de lui donner à avaler quoi que ce soit. Un matin, j'entrais dans la chambre de ce monsieur pour les soins. Qu'il avait un bon sourire résigné ce vieillard ! Il n'avait qu'un désir, boire. Je savais qu'il ne lui restait que peu de temps à vivre, peut-être quelques heures.

« J'ai soif ! »

Cela résonnait dans ma tête, avec des souvenirs qui affluaient, si douloureux ! « Maman, j'ai soif ! »

Les yeux de ce pauvre homme étaient si tristes et suppliants ! Alors, je pris une coupe et lui donnai quelques cuillerées d'eau, avec mille précautions. En fermant les yeux il aspira doucement cette eau comme avec recueillement. Je savais que je n'avais pas le droit de lui donner à boire mais mon esprit était tourné vers ma lumière intérieure. Ses yeux étaient illuminés quand il les rouvrit. Il eut un grand sourire pour me dire merci. Ce bon sourire flottait encore sur ses lèvres lorsque je le regardai en refermant la porte.

J'allais avouer mon geste à la surveillante. C'est ce que l'on doit toujours faire.

Elle me dit : « Vous avez bien fait, il lui reste si peu à vivre. »

Le lendemain matin, le lit était vide. J'ai oublié le nom de cet homme, mais lui, je ne l'ai jamais oublié.

Georgette eut la chance d'aller en service de cardiologie où elle assista à une opération à cœur ouvert. C'était les débuts de cette chirurgie de pointe. Nous l'écoutions nous raconter la circulation extra corporelle, puis la pose d'un pacemaker. Elle put en récupérer un usagé, qu'elle manipulait avec précaution, comme un trésor de guerre.

Nous échangions nos expériences et nos impressions durant les repas. Nous étions très solidaires.

Un jour, je vis deux femmes tenant une grande corbeille recouverte d'un linge, qui sortaient de l'école par le portail du parc. Le soir, en cours, on nous annonça qu'Oswald avait disparu. C'était le poupon spécial, de la taille et du poids d'un bébé, sur lequel nous faisions nos exercices de pratiques pour les changes et les soins. Je fis part de mon observation sur les femmes que j'avais vues. Elles s'étaient introduites dans les salles de cours en passant par l'arrière du château où nous logions.

Suzanne Reischell était dans la même chambre que sœur Béatrice que nous appelions sœur Béa. Celle-ci était Hollandaise et avait cinquante-trois ans. Elle faisait ses études d'infirmière afin de pouvoir aller soigner les pauvres au Chili. La directrice ne la portait pas dans son cœur. La religieuse déménagea dans ma chambre, car Suzanne Reischell l'empêchait d'étudier par son bavardage incessant. Quant à moi, j'eus à lui traduire très souvent des mots et à corriger leur orthographe. Mais elle était si gentille sœur Béa !

Le docteur L. descendit un dimanche et me prit en promenade aux plages de Carnon et Palavas. Nous marchions, pieds nus dans l'eau, jupe et pantalon retroussés. Ces heures de plein soleil nous virent cheveux dans la brise, nous tenant par la main et ramassant des coquillages. Heures de bonheur ! Heures de tristesse aussi, le soir, quand il me ramena à l'école. Il avait beaucoup de route à faire pour revenir au pays.

Je partis pour le long week-end du 14 Juillet. C'est le docteur L. qui me ramena à Montpellier. Nous franchîmes le Pas de l'Escalette à vingt-trois heures. Nous nous sommes arrêtés pour contempler dans la vaste plaine tout en bas, la multitude de feux d'artifices qui illuminaient cette immensité, en jets multicolores. C'était magnifique.

Quand nous arrivâmes à l'école, elle était fermée. Je pus sauter le mur en grimpant sur la voiture. En entrant au château, je me rendis compte qu'il n'y avait personne, mais le docteur était déjà reparti. Dommage !

Un autre soir, arrivant d'Albi vers vingt-trois heures, sans mon Solex, porte close à l'école.

J'attendis un bon moment. Une jeune fille passa à bicyclette. Je lui fis signe de s'arrêter. Je lui demandais si elle voudrait bien mettre son vélo contre le mur afin que je puisse l'escalader. Elle accepta. Que ne me fallait-il pas faire à quarante ans, tout de même ! Cette obligeante personne me fit passer mon sac de voyage et partit. Je sautai sur la petite bâtisse derrière le mur, pour rentrer au château qui n'était pas fermé. Heureusement !

Mais la directrice savait tout, à croire qu'il y avait quelque langue longue dans l'école. On s'en doutait bien un peu !

Parmi les anecdotes de mes retours d'Albi, je peux raconter celle-ci, encore.

Un soir rentrant très tard avec le train, je pris mon vélo Solex et roulais vers la Voie Domitienne pour rejoindre la Cité Universitaire où je logeais à cette époque. Il n'y avait personne dans les rues. J'étais sur le boulevard derrière la maternité. Depuis un moment, j'avais le sentiment qu'une voiture me suivait. Elle ne me dépassait jamais, mais roulait très près. J'accélérai mon vélo Solex en pédalant pour aider le moteur. J'étais très inquiète, avec un mauvais pressentiment.

Arrivée au bout de l'avenue, je tournai vers le CHU. Mon Solex avait des ratés. Je pédalais… je pédalais… La voiture allait être à ma hauteur et ralentissait. Je bifurquai d'un coup vers l'entrée de la cité. Ouf ! Sauvée, le portail était ouvert. Le moteur s'arrêta, en panne d'essence ! Je l'avais échappé belle. Mon cœur battait à grands coups. Je dus attendre un moment sous le couvert du garage à vélos pour me remettre, appuyée sur le guidon. Je me hâtai ensuite vers ma chambre.

Dans la nuit, j'entendis des galopades, des cris, une voix de femme qui criait « Au secours ! » à plusieurs reprises, puis plus rien. Je ne pouvais rien faire et vivais l'épouvante de cette inconnue qui criait en fuyant. Et j'étais là, impuissante !

A l'école, chacune avait ses habitudes. Lydie me demanda un jour de lui chanter l'Internationale qu'elle devait apprendre, ayant sans doute rencontré quelque amoureux en train de l'embrigader dans ses idées. Je la lui braillais en descendant les deux étages, afin qu'elle en apprenne l'air. Je lui dis :

« Si mon père m'entendait ! » Il était de droite !

Je souffrais très souvent de la gorge. J'avais sans arrêt des angines ce qui me fatiguait énormément. J'allais à Saint Charles pour consulter le Professeur Fernandez. Il proposa l'amygdalectomie. J'acceptai et il m'opéra. Lorsque je me réveillai au petit matin, le docteur L. était là à me veiller. Il avait passé la nuit à mon chevet, assis, les jambes étendues sur une chaise. J'en étais toute confuse et avais honte de baver sans arrêt devant lui. Il rit et me réconforta. Mais il devait repartir. Je n'avais pas voulu qu'il signale mon opération à ma famille afin de ne pas les inquiéter. Mais lui avait été là ! Cher bon ami, mon deuxième père.

On me faisait manger et sucer des glaces.

Dans la matinée, après ma toilette et un peu de maquillage, un interne vint en visite et me dit :

« Où est la grand-mère qui était là ?

- C'est moi, puisque je suis là depuis hier.

- Ce n'est pas possible ! C'est vous ? C'est incroyable comme vous avez changé de visage ! Heureusement qu'après l'opération on vous avait laissé la " *canule* ", sinon vous ne seriez plus de ce monde ! Un point a cédé et il a fallu vous reprendre en urgence en salle d'opération. »

Seules Georgette et Suzannette vinrent me voir. Ni directrice, ni monitrice.

Il me fallut rattraper mon retard. L'examen était

dans trois mois. Mais après cette opération, la fatigue avait disparu comme par enchantement.

Quand j'arrivai à ma chambre, la porte en était close, fermée de l'intérieur. Georgette dit que ma compagne de chambre avait été renvoyée. J'étais catastrophée. A travers la porte, j'entendais du fracas. Je tapai, appelant sœur Béa, me faisant reconnaître. Ce n'est qu'un grand moment après qu'elle consentit à m'ouvrir. Elle était hors d'elle. Elle avait jeté à terre toutes les affaires de la table de toilette et du lavabo. Elles étaient brisées. Elle pleurait. Elle devait partir. Inutile d'essayer de la consoler, elle était comme hystérique. Nous étions à trois mois de l'examen. Pauvre sœur Béa !

Comme lors de mon rejet de la salle à manger, on qualifia la directrice de S S.

Le lendemain, je me retrouvais seule dans ma chambre. Tranquille, oui, mais pourquoi ? A cause du malheur d'une amie ? J'étais navrée. Elle m'adressa un courrier pour que je lui renvoie ses affaires. J'en emplis une solide caisse en bois, qui fut ensuite expédiée par la directrice.

Quelque temps après, je reçus une lettre de mon ancienne compagne, me disant qu'il n'y avait que ses prières pour nous accompagner le 9 septembre, jour de l'examen. La directrice n'avait pas encore envoyé les papiers nécessaires pour qu'elle puisse se présenter à l'examen chez elle.

« Se peut-il que l'on me fasse attendre jusqu'après l'examen ? », m'écrivait-elle.

En ce moment elle travaillait dans un ancien sana-hôpital avant de recommencer des stages au Mans, au mois de mars. Pour ne pas perdre ses droits à la sécurité sociale, on l'inscrivit en convalescence.

Elle me chargeait de donner le bonjour à toutes, qu'elle énumérait individuellement. Elle se retrouvait encore plus fatiguée qu'avant d'aller aux Escaldes. En attendant, elle travaillerait jusqu'à avoir assez d'économies pour aller soigner les pauvres au Chili « car ils sont plus pauvres que nous et ils ont besoin de nous. »

Qu'êtes-vous devenue ? Ah ! Chère sœur Béa, combien la vie est parfois cruelle ! Nous vous aimions bien!

Ce fut ensuite le départ d'une autre élève, noire, qui mit son enfant au monde. Un joli bébé tout rose qui m'étonna. C'est ainsi paraît-il. Elle arrêta ses études.

La directrice nous réserva une agréable surprise au théâtre de la nature, à Sète, face au mont Saint Clair. Une très belle pièce de théâtre était au programme. Soirée à marquer d'une pierre blanche. Le retour en autobus fut très gai. La directrice et notre monitrice étaient aussi ravies que nous.

Suzanne Reischell n'eut pas son diplôme. Peut-être réussit-elle l'année suivante en Alsace ?

Elle répondit à ma lettre, mais ne me dit jamais où elle travaillait, craignant encore " *les représailles* " de la directrice « cette peau de vache qui était bien capable de lui nuire encore. »

Et la vie nous sépara, comme avec toutes les

autres filles de la promotion.

Le jour des résultats de l'examen, vers dix-sept heures je vis arriver docteur L. Sa voiture avait une aile froissée. Il avait roulé trop vite en faisant une marche arrière pour venir m'annoncer mon succès. Pauvre docteur ! Il me dit de préparer mes affaires et de saluer tout le monde. Il me ramenait à Albi. D'autres élèves faisaient déjà comme moi.

Je repartis radieuse chez mes parents et Françoise pour leur annoncer mon succès.

J'allais débuter une nouvelle vie ! Le docteur était mon ami. Nous étions heureux.

A la maison, on m'accueillit à bras ouverts. Combien Papa et Maman furent heureux ! Françoise rayonnait. Elle avait bien travaillé aussi.

Le docteur repartit à Carmaux.

Au travail

Après quelques jours de repos, je me mis en quête d'une place d'infirmière.

Je me présentai d'abord à l'hôpital d'Albi. J'avais eu quarante ans, âge limite d'embauche. Six mois de trop ! Zut !

Je " *ratissais* " toutes les cliniques d'Albi et de la région, les collèges, les maisons de retraite… Rabastens, Gaillac, Carmaux, et même Villefranche-de-Rouergue. Tous les postes étaient pourvus !

L'académie de Toulouse avait devancé celle de Montpellier. J'étais désolée et au téléphone, le docteur vit mon désarroi.

« En désespoir de cause mon petit, allez de ma part au Centre de Transfusion Sanguine ! »

Ce que je fis. Le directeur, Monsieur Mony, me reçut. Je lui expliquais mon parcours de vie, ma situation familiale, combien j'étais navrée, dans la joie de mon retour, de devoir être encore à la charge de mes parents. Il semblait ému.

« Vraiment, Madame, vous êtes un cas social et je vous promets de vous faire signe dès que j'aurai quelques heures de disponibles. La première place sera pour vous !

- Même une heure sera la bienvenue, Monsieur !

- Je vous écrirai.

A brûle pourpoint il me demanda :

- Vous avez une photo du médecin qui vous envoie ? Je ne vois pas…

Je devinai un piège. Je mentis.

- Non, Monsieur. C'est comme si l'on me demandait si j'ai votre photo ! C'est mon médecin traitant. »

Il sourit en rougissant. Je partis, déçue, mais pleine d'espoir.

Quelques jours passèrent sans aucun signe de sa part.

Puis une lettre arriva, me priant de me présenter au CDTS*. Justement ce jour-là mes parents avaient décidé d'aller à Laval pour ramasser les pommes. Je devais aller avec eux pour les aider. Je leur dis :

« En revenant le soir, j'irai me présenter.

- *Jamai de la vida**, dit mon père. C'est le plus tôt possible qu'il faut y aller ! Nous t'attendrons dans la voiture avec Maman. Nous irons à Laval après. C'est trop important pour toi. Les pommes peuvent attendre. »

Quel brave homme, ce Papa ! Il connaissait l'essentiel. Ils m'attendirent.

Monsieur Mony me reçut tout souriant,

C.D.T.S .: Centre de Transfusion Sanguine

Jamai de la vida : Jamais de la vie !

main tendue.

« J'ai trois jours à vous proposer cette semaine. Cela vous va-t-il ?

Je l'aurais embrassé. Il vit mon bonheur.

- Vous serez avec une infirmière très gentille qui vous indiquera la marche à suivre. Je vous souhaite très bonne chance, Madame Cévennes.

- Merci, Monsieur. »

Il me remit la feuille des horaires, des lieux et des départs du fourgon.

En revenant à la voiture où mes parents attendaient, je leur montrai la feuille au bout de mes doigts. Ils sourirent. Gagné !

Je pense que nous n'avons jamais ramassé des pommes avec autant d'entrain !

Ma première donneuse

Mon premier jour de collecte arriva. Je partis de Lascamps en Solex, mon tablier blanc de l'école, immaculé, dans la sacoche.

Le camion était devant l'immeuble. Je montai à l'accueil où étaient l'infirmière, le chauffeur et l'interne. Le docteur Mony nous présenta.

L'interne s'assit près du chauffeur, Monsieur Fabas. Je passai derrière, avec l'infirmière, Madame Cazeneuve. Elle me parlait avec beaucoup de gentillesse, m'expliquant la vie au centre et aux collectes. Elle savait que je débutais dans le métier.

Arrivés sur le lieu de la collecte, dans une usine de Graulhet, nous avons déballé le contenu du camion. De nombreuses cagettes de flacons et de victuailles, ainsi que des fichiers étaient à décharger. Il fallait aussi procéder au montage des lits de collecte faits de multiples barres à intriquer les unes dans les autres.

Nous avons mis en place la collation sur le côté de la salle. Le chauffeur découpait le pain et la saucisse, ouvrait les boîtes de pâté, de fromage, de biscuits et faisait chauffer de l'eau pour faire le café. Pendant ce temps nous préparions nos tablettes accrochées aux lits, y déposant les tubes d'examens vides, le coton et les pipettes d'alcool ainsi que tout le petit matériel nécessaire aux prélèvements. Les casiers de flacons vides étaient à côté de la table où nous déposerions les tubes d'examens pleins dans des bacs. Sur un bureau dans un coin de la salle, l'interne installait ses boîtes de fiches, son stéthoscope et tout son petit matériel.

Assises sur une chaise au milieu de nos trois lits disposés en U, nous attendions les premiers donneurs. Madame Cazeneuve m'appela auprès d'elle et me fit voir toutes les manipulations. C'était ma première leçon. J'étudiais tous ses gestes et sa technique. Elle était très adroite pour les piqûres. Elle faisait preuve de beaucoup de gentillesse avec le donneur.

Les notions apprises à l'école n'avaient qu'à être appliquées. Il fallait demander son identité à la personne à qui l'on avait à faire ainsi que sa date de naissance. On devait épeler son nom en raison des homonymies. C'était sérieux même si cela paraissait anodin.

Je fus étonnée de la grosseur des trocarts avec lesquels on piquait. Je regardais avec la plus grande attention, voulant être à la hauteur de ma tâche. Pendant que la personne était en train de donner son sang, ma collègue vint à son tour à mes côtés pour voir comment je m'y prenais. Elle comprit ma surprise d'avoir à manipuler une si grosse aiguille. Elle sourit et m'encouragea en me disant que c'était bien plus facile pour nous ainsi.

« Vous allez voir ! Piquez ! »

Je réussis, j'étais contente. Elle m'expliqua plus tard que contrairement à ce que l'on faisait avec les aiguilles fines, il ne fallait pas attaquer la veine par-dessus mais sur le côté. Nouvelle pratique. Je devais secouer souvent le flacon et contrôler son niveau au vu des instructions rédigées par l'interne sur la fiche du donneur.

Tout se passa très bien. J'étais rassurée. Je me sentais entourée, soutenue par une très bonne collègue et une bonne équipe. C'était très important. Monsieur Mony avait raison, il connaissait bien son personnel. Il passait tous les jours en collecte.

Ma première donneuse fut une jeune femme de l'usine. Je surveillais attentivement le flacon. Je me revoyais à Bordeaux pendant que ma petite Colette était transfusée. Le flacon était suspendu dans l'autre sens et le sang redonnait des couleurs aux joues de ma fillette. J'avais un espoir fou !

Pendant le prélèvement ma vue se brouillait et la donneuse vit mon émotion. Je lui dis alors qu'elle était ma première donneuse, que je la remerciai de son don et je lui en expliquai toute la valeur. Elle m'affirma qu'elle était contente de faire ce geste et qu'elle me comprenait très bien.

J'offris dans mon cœur ce premier flacon de sang

destiné à un malade anonyme, sang qui le sauverait peut-être. Et je remerciai, à travers le temps, celui ou celle qui avait donné pour mon enfant. Hélas, elle n'avait malgré tout pas été rétablie. Je me promis de toujours bien faire mon travail et de respecter mes donneurs, de les aimer même si tous ne se rendaient pas vraiment compte de ce que leur don représentait.

Je vécus mes trois premiers jours de travail dans l'exaltation. J'étais heureuse. J'avais conscience que ce n'était pas le pur hasard qui m'avait placée là.

Puis je fus embauchée d'autres journées complètes.

Et un jour… Monsieur Mony me convoqua dans son bureau.

« J'ai quelque chose à vous dire, Madame Cevennes (Il prononça toujours mon nom en disant Ce et non Cé). Je ne sais pas si vous accepterez ! Après une pause, il m'observa : Voilà ! J'ai une infirmière qui devait rentrer à temps plein, mais elle est enceinte et il faut qu'elle reste couchée car c'est une grossesse à risque. Seriez-vous prête à la remplacer pendant huit mois à temps plein. Et après nous verrons !
Il me regardait en souriant.

– Oh ! Monsieur ! Oui, oui, oui ! Je vous remercie mille fois. »

Ce jour-là aussi, je crois que je l'aurais embrassé. Je le sentais heureux de mon plaisir.

Mon avenir était assuré.

J'arrivais au travail sur mon vélo-Solex le matin vers sept heures trente ou huit heures, suivant l'éloignement des collectes. C'était un plaisir pour moi, comme si je partais en excursion chaque jour. Nous sillonnions tout le département du Tarn, en long et en large.

Bureaux, usines, mairies, banques, salles communales… Nous étions en contact avec toutes les couches de la société.

Par tous les temps aussi, qu'il pleuve, qu'il neige ou qu'il vente. Nous étions souvent installés dans des locaux très mal chauffés où nous devions garder nos manteaux. Mais nous étions là. Les donneurs venaient aussi. Leur mérite n'en était que plus grand. Certains venaient de très loin à mobylette. Nous les retenions plus longtemps à la collation, par prudence.

J'aimais beaucoup dialoguer avec mes donneurs.

Un jour, j'eus une jeune fille d'une vingtaine d'années qui me confia qu'elle était très malheureuse, perdant espoir de trouver un travail. Elle pleurait. J'essayais de la réconforter de mon mieux. Je lui dis que le don qu'elle était en train de faire allait redonner vie et courage à un malade, qu'une telle action n'était jamais perdue. En trois mots, je lui racontai mon cheminement pour avoir du travail.

« Voyez, c'était comme si je me trouvais au fond d'un puits sans pouvoir en remonter, sans aucun moyen, seule. Alors j'ai espéré de toutes mes forces, appelant de toute mon âme cette étoile d'espoir que je savais être en train de briller tout là-haut, dans ce morceau de ciel. Je me suis accrochée à mon étoile, grimpant pierre à pierre, de toutes mes forces et je suis arrivée en haut pour sortir de ce puits. Il y a toujours une main qui se tend, il faut la saisir. C'est l'opportunité. Je suis là pour vous le dire. Accrochez-vous, gardez espoir. Vous allez trouver du travail. »

Elle essuya ses larmes et me sourit. J'avais ma main sur la sienne, voulant l'encourager de toute mon amitié. Après la collation, elle revint me dire au revoir.

« Je veux m'en sortir », me dit-elle.

A la collecte suivante, elle m'annonça qu'elle avait trouvé un emploi.

Avec quelle force nous nous sommes embrassées ! Quelle victoire !

Que de gestes d'amour je connus durant ma carrière !

J'ai vu des donneurs tendre leur bras en pleurant. Ils donnaient leur sang pour un de leur malade hospitalisé. D'autres donnaient par reconnaissance car ils avaient été transfusés eux-mêmes.

Une fois l'un d'eux donna parce qu'il avait faim. Je ne peux m'empêcher de raconter son histoire.

Ce jour-là, j'étais de collecte en cabine au centre de transfusion. De l'ascenseur sortit un homme fluet, maigre, de taille moyenne. Il avait une barbe presque blanche qui lui tombait jusqu'à la taille. Il paraissait avoir au moins soixante-dix ans. C'est avec un grand étonnement que je lus son âge sur sa fiche. Il atteignait quarante-cinq ans. Nous avions le même âge ! Sa tension artérielle était bonne, tout allait bien, je pouvais prélever.

Pendant le don de sang, je l'observais. Sa maigreur faisait peine à voir. Après un long silence, j'essayais d'amorcer la conversation, ayant pour principe de distraire le donneur qui était souvent anxieux. Quelque chose m'intriguait dans cet homme.

« Ça va, Monsieur ? Vous avez l'air un peu nerveux.

- Oui c'est vrai, mais c'est normal, car j'ai un ulcère à l'estomac. »

Il ne l'avait pas signalé sur son questionnaire pour le noter sur sa fiche. J'essayais de le détendre un peu en poursuivant :

« Ah ! Je connais cela moi aussi. C'est le propre des anxieux qui ont toujours quelque chose pour les tracasser.

- Pour ma part c'est normal puisque je sors de prison* », me répond-t-il.

Il me regarda, ou plutôt me scruta pour voir ma réaction. Je lui dis :

« Eh ! bien, vous avez payé votre dette à la société, il faut oublier tout cela et repartir à zéro !

- Ah ! Oublier, Madame, on ne le peut pas !

Après un temps de silence :

- Vous ne me demandez pas pourquoi j'ai fait de la prison ?

- Cela ne me regarde pas, Monsieur. Pour moi, vous êtes un donneur de sang. De ce fait, je vous considère avec la plus grande sympathie puisque vous vous dévouez pour un malade.

N.d.A. : Depuis les années 1980, on ne prélève plus les prisonniers par mesure de prévention.

- D'un côté, oui… Mais vous savez que je donne aussi parce que j'ai faim !… Et puisque vous ne me rejetez pas, je vais vous dire pourquoi j'ai fait de la prison : j'ai tué ma femme.

- Et vous le regrettez ?

- Ah ! Madame, dès que je l'ai eue frappée, je me suis dit : « Qu'as-tu fait malheureux ! » J'étais désespéré. J'ai téléphoné aussitôt à la police et ils sont venus me prendre.

- Mais comment cela s'est-il passé ?

- Voilà. Pour tout vous dire, j'étais chef-cuisinier dans un grand hôtel-restaurant qui m'appartenait. Nous avions une bonne affaire! Ma femme était très belle… trop ! Et coquette avec ça. Elle me trompait. Un jour, j'étais à la cuisine au sous-sol, en train de désosser un rôti. Pour cela, nous utilisons un couteau à désosser à la lame longue et fine. Ma femme arriva, toute pimpante, bien pomponnée, prête à sortir en ville. Je lui dis que ce n'était pas bien le moment, qu'elle ferait mieux de m'aider. Alors, elle s'est mise à me narguer, à se moquer de moi et elle a ajouté : « Je sors, je vais te tromper, oui ! »

Mon sang n'a fait qu'un tour. Une colère folle s'est emparée de moi. J'avais le couteau à la main, j'ai frappé. Elle s'est écroulée, morte.

Et j'en ai pris pour quinze ans. A présent je suis ruiné. Je ne trouve aucun travail, toutes les portes se ferment. Vous pensez ! Je sors de prison !

- Et où logez-vous ?

- Ça, ce n'est pas un problème. Je dors dans un galetas cédé par un prêtre dans le vieil Albi. J'ai mangé quelques fois à la soupe populaire. Mais aujourd'hui j'ai faim… faim !… »

J'ai ralenti puis abrégé le don, ayant peur qu'il ne fasse un malaise. Je l'ai laissé un bon moment allongé afin qu'il se remette bien. Puis il s'est assis au bord de la couchette. Il a lissé sa barbe l'air pensif. On aurait dit un chien battu.

« Quelle a été votre première impression en sortant de prison ?

- J'ai eu très peur.

- Peur ?

- Oui, peur des voitures. Je n'osais pas traverser les rues. Pensez, il y a quinze ans, il n'y en avait pas autant ! Et puis à être toujours enfermé entre quatre murs on perd l'habitude. La première fois, j'ai attendu que quelqu'un traverse. Je l'ai suivi de près. Je n'osais pas faire autrement. »

Je l'invitai à la collation : pâté, saucisse, fromage, gâteaux secs, vin, lait, café.

Pendant qu'il se restaurait, je fis le tour des infirmières et des secrétaires du Centre, expliquant en trois mots ce cas social, urgent et dramatique. Elles ne posèrent aucune question indiscrète, elles avaient compris. Nous nous sommes cotisées. Celles qui avaient amené leur repas sur place pour manger à la pause donnèrent fruits et yaourts pour le petit paquet que nous lui préparions avec pain, saucisse, pâté et fromage.

Une enveloppe circula. C'était notre don du cœur. Nous étions émues par cet homme si démuni.

Je revins vers lui alors qu'il terminait sa collation. Je m'assis à ses côtés et lui expliquai qu'il existait le foyer Albert Schweitzer à côté de Villeneuve sur Vère. Les anciens prisonniers qui le désiraient y étaient hébergés à leur sortie, contre un peu de travail : sarcler les pommes de terre, couper du bois ... Je lui expliquai comment s'y rendre en autobus. J'ajoutai :

« Et si une fois vous êtes trop en peine, je vous donne mon adresse. C'est une chose que nous ne faisons jamais dans notre travail. Mais si vous avez trop faim, je vous ferai manger. Je vous fais confiance. De tout mon cœur je vous souhaite de trouver du travail. » Je lui tendis la main en lui souhaitant bonne chance.

Il partit son paquet sous le bras, heureux d'avoir trouvé un peu d'écoute.

A quelque temps de là, il sonna à ma porte. Il n'avait pas encore trouvé de travail et il avait préféré ne pas résider trop longtemps au foyer Schweitzer. Je lui offris le café et lui donnai quelques provisions avec un peu de monnaie. Il partit en me remerciant.

Une année passa. Un matin le carillon de la porte raisonna.

« Bonjour, Madame, me dit joyeusement un monsieur, propre et bien rasé. Vous me reconnaissez ?

- Ah ! Par exemple, Monsieur M.? Quelle bonne surprise. J'ai reconnu votre voix.

- Je viens exprès pour vous faire partager

ma joie. J'ai trouvé du travail et je suis heureux. Vous m'avez apporté un tel réconfort l'an dernier que j'ai retrouvé l'envie de vivre. »

J'étais subitement émue et remerciais le ciel.

Autour d'une tasse de café il me raconta qu'il avait été embauché comme plongeur dans un restaurant.

« Nul autre que vous ne peut mieux savoir combien il est difficile de trouver un emploi à l'heure actuelle. Persévérez, surtout ne vous rebutez pas à la tâche. Rendez-vous utile, et fermez les oreilles aux paroles désobligeantes que vous pourriez entendre. Vous verrez, un jour, le patron remarquera votre assiduité au travail et vous confiera une tâche plus intéressante aux cuisines. »

Nos petites cuillères tintaient gaiement dans nos tasses. Son regard était rieur, direct, heureux. Ce n'était plus du tout l'homme triste et abattu que j'avais rencontré l'année précédente. Quand il repartit, sa poignée de main était ferme et assurée. Nous avions eu un véritable échange d'amitié, de confiance. Je refermai la porte en pensant avec reconnaissance qu'il était désormais réinséré et épanoui. Je ne l'ai jamais revu.

Je repensais avec tristesse aux idées assassines que j'avais eues vis-à-vis de mon mari lorsque j'étais poussée à bout. J'aurais pu me retrouver à la place de cet homme si j'avais une fois ou l'autre suivi mes pulsions de vengeance. Non, on n'a pas le droit de juger son prochain, on a juste le devoir de lui venir en aide.

Tristesse

Il y avait une dizaine de jours environ que j'étais au C.D.T.S.

De loin en loin, je voyais le docteur L. dont la santé se dégradait. Il me disait passer plus d'une heure parfois dans sa baignoire pour essayer de soulager sa douleur.

Françoise était pensionnaire au lycée Bellevue et moi encore chez mes parents.

Un soir, vers dix-sept heures, j'étais à la maison, quand la voiture du docteur L. s'arrêta au milieu de la cour. Je m'avançais, la portière tardait à s'ouvrir. Il se tourna pour se lever, mais il s'aida d'une canne pour se soulever. Je l'aidais à se mettre debout.

« Vous voyez mon petit, je vous ai écoutée, j'ai la canne, c'est lamentable !

- Mais qu'est-ce que cela peut faire puisqu'elle vous soulage ! »

Il s'avança vers mes parents, à petits pas, comme honteux, malheureux.

« Monsieur et Madame Cévennes, je viens vous

dire au revoir. Je rentre à l'Hôpital Lagrave, à Toulouse, demain… »

Il ne voulut pas entrer. Papa et Maman étaient très émus. Mon père le remercia encore pour tout ce qu'il avait fait pour moi, lui souhaitant bon courage afin de revenir nous voir bientôt chez nous. Mes parents rentrèrent dans la maison pour me laisser seule avec lui. Revenant vers la voiture, il se laissa tomber sur le siège, me tenant la main, la posant sur son visage et la couvrant de baisers. Je voyais ses yeux humides.

Il me dit alors :

« Je te dis adieu, mon petit. Tu as été mon rayon de soleil comme tu ne pourras jamais l'imaginer. Je m'en vais, je ne reviendrai pas, je le sais… chut ! Je te demande de toujours faire ton travail avec amour, d'aimer les malades et tes donneurs. Je pars, tu me continues !

- Je te le promets. »

Notre échange était des plus solennels, grave. Un pacte.

Je me penchai vers lui pour l'embrasser. Il me retint un moment, ma joue contre la sienne.

Quand je me relevai, il jeta brusquement la canne à côté de lui et ferma la portière, la vitre baissée. Il mit le moteur en marche et démarra doucement en me regardant. Je compris combien il m'avait aimée.

La voiture partait lentement dans l'allée. Je savais que nous éclations en sanglots tous les deux en même temps.

Adieu, mon cher ami… !

Je rentrai en larmes dans la maison et mes parents pleurèrent avec moi.

Je recevais des lettres de l'hôpital. C'est une infirmière qui les postait et lui transmettait mes réponses.

Sur ces entrefaites, j'avais déniché un petit trois pièces rue de Castanet. Il était situé au premier étage. Je pensais que je pourrais faire voir mon installation au docteur lorsqu'il reviendrait.

Mes parents ne furent pas très satisfaits. Ils pensaient que je resterais avec eux. Mais je me sentais pieds et poings liés de nouveau, comme lorsque j'étais jeune fille. Je n'avais qu'un coin de table pour faire mon courrier. Ils étaient aussi au courant de celui que je recevais. Cela m'indisposait d'être encore dépendante à quarante et un ans.

Papa vint m'aider à m'installer et me posa des étagères.

J'achetai un buffet en formica et Maman m'en offrit un assorti, plus petit, afin de mieux ranger toutes mes affaires.

Mais ce logement n'était pas insonorisé. Le conduit de l'évier faisait téléphone avec les voisins. Je posais une lavette mouillée sur la grille d'évacuation. Mais j'entendais toutes les conversations des voisins du rez-de-chaussée. On aurait dit que nous vivions ensemble.

Françoise voulut avoir la chambre. Je dormais

donc sur le cosy à la salle à manger.

Un soir, rentrant plus tôt de collecte, vers dix-huit heures, je trouvai un télégramme du docteur L. dans ma boîte aux lettres. Il me demandait de me rendre le soir même à l'Hôpital à Toulouse.

Je repartis en trombe à la gare sur mon Solex que je laissais à la consigne. Je n'eus que le temps de prendre le dernier train. Je traversais Toulouse à pied jusqu'à Lagrave. Quel bonheur de se retrouver ! Le docteur L. était amaigri. On lui apporta son repas et il en commanda un pour moi. Je me rappelle qu'il y avait du poulet rôti qu'il mit aussitôt de côté, ne pouvant le manger. Pour lui c'était impossible. J'insistais pour qu'il le consomme. Non.

« C'est donc vrai ce grand dégoût de la viande avec le cancer ?

- Vous ne pouvez l'imaginer ! »

Ce soir-là, son épouse était repartie chez elle et il en avait profité pour me faire appeler, afin de me revoir. Mais elle devait revenir dans la soirée avec son plus jeune fils. Il me pria de lui téléphoner afin de l'aviser de ne pas prendre la grosse voiture qui tomberait en panne, mais de conduire la 2.C.V. C'est ce que je fis, m'annonçant comme l'infirmière de service.

« Nous n'arriverons à Toulouse que très tard.

- Tant mieux me dit-il, nous serons un peu plus ensemble. »

Mais je ne devais pas manquer le dernier train.

Le soir de Noël, autre télégramme chez mes parents où j'étais avec Françoise.

« Venir en urgence à Toulouse. » avait écrit l'infirmière.

Que faire ? C'était le soir de Noël. Françoise vit mon hésitation. Elle devina que j'étais bien partagée.

Elle me dit :

« Va voir le docteur, Maman. Nous aurons d'autres Noël. Le docteur est très malade, il t'appelle ! Vas-y ! »

Chère enfant ! Mes parents approuvèrent aussi. Je partis. Papa m'emmena à la gare me recommandant de prendre un taxi quand je rentrerai.

Il faisait très froid.

Le docteur avait changé de pavillon. Cet hôpital est une vraie ville. Je réussis enfin à trouver le service. Je me présentais à l'infirmière qui avait envoyé le télégramme.

Elle me dit :

« Comment allez-vous faire pour le voir, il y a sa femme et son neveu ? »

Alors nous avons combiné qu'elle me prêterait une blouse et un foulard.

« Quand je serai au bout du couloir devant sa porte, je vous ferai signe et vous viendrez. »

Je surveillai ses allées et venues d'une chambre à l'autre. J'étais très angoissée. Elle me regardait à chaque fois. Mais quand elle fut au bout, je ne vis pas son signe qui fut trop discret.

Quand elle revint avec son chariot :

« Alors, vous n'avez pas compris mon signe ? Je n'osais pas me manifester trop fort à cause de ses visites. »

J'étais désespérée d'avoir manqué l'opportunité. Je ne pourrais pas revoir mon ami.

« Avez-vous du papier et un stylo, je vais écrire à sa femme. »

Elle m'apporta le nécessaire et j'écrivis une lettre dans laquelle je lui expliquais que le docteur m'avait fait appeler.

« Je vous demande Madame de bien vouloir me laisser voir le docteur une dernière fois. Récitez avec moi le " *Notre Père* " jusqu'au bout, jusqu'au pardon. Je sais que vous êtes chrétienne et vos supplie de m'écouter. J'attends dans l'infirmerie. »

L'infirmière apporta mon message. J'avais tellement confiance pour un « oui ». Quand elle revint, elle me dit :

« Voilà la commission de madame L. « Dites à cette dame que j'attends mes enfants et que le docteur doit garder ses dernières forces pour leur dire adieu. »

Un monsieur, son neveu de Toulouse, resta désormais devant la porte de la chambre.

J'attendis jusqu'à la limite du temps. Je confiai à l'infirmière deux grappes de raisins, afin qu'elle les remette de ma part au docteur L. Je lui recommandai de lui dire pendant les soins que j'avais désespérément attendu jusqu'au bout pour le revoir.

Le professeur passa dans le couloir. Je n'osai l'aborder.

Je repartis la mort dans l'âme.

Quand je me retrouvai dans le froid, je traversai le pont, croisant de belles voitures avec des dames en tenue de fête. Des gens riaient sur le trottoir. Je marchais comme une somnambule jusqu'à la gare Matabiau. Le trajet de retour me fut une longue souffrance.

J'arrivai à Albi et ne pris pas le taxi. J'avais besoin de me remettre en marchant. Quand j'atteignis la maison, vers minuit, mes parents et Françoise m'attendaient.

« Alors ?

- Je crois que nous ne reverrons plus le docteur. »

Nous étions tristes. Françoise me dit qu'elle était contente que j'aie pu le revoir. Chère enfant ! Je ne voulais pas l'attrister par la réalité des évènements. Elle avait été si généreuse en me disant d'aller voir encore notre ami. Nous avons bu un chocolat au lait avec des biscuits. Ce fut notre réveillon.

Le lendemain je téléphonai à l'hôpital. L'infirmière avait remis les raisins au docteur et lui avait raconté ma venue, mon attente, ma déception. Il savait que j'étais bien venue pour le revoir. Il avait fermé les yeux en approbation, avec un sourire pour lui dire merci.

Adieu mon cher ami, je savais désormais que je ne te reverrai plus.

Henri

Une cruelle vie venait de passer pour moi : mauvais mariage, perte de deux enfants, divorce, et maintenant la perte de mon meilleur ami, mon second père. J'avais pris la décision de tout recommencer. Mon ami m'y avait aidée.

Finalement, j'avais bien réussi à rebondir. Avec mon Diplôme d'Etat d'Infirmière, je pouvais maintenant prétendre à une vie meilleure. J'avais un travail et un petit " *chez moi* " en location.

Mon temps au travail était partagé entre les collectes de sang dans tout le département du Tarn, la cabine de prélèvements et le laboratoire.

Françoise terminait son année de pensionnat au Lycée Bellevue. Elle rentrait le vendredi soir à la maison.

Ce vendredi de mai, j'étais au laboratoire, vers onze heures environ, le téléphone sonna et l'on m'appela :

« Madame Cévennes, c'est pour vous. »

Très étonnée, je pris le récepteur.

« Madame Cévennes…

- Oui…Monsieur…
- Elise ? … »
- Oui Monsieur, mais qui êtes-vous ?
- Henri…
- ...
- Henri P. Tu te rappelles de moi ? *
- Henri… Mais où es-tu donc ?
- A Albi.
Une grande émotion me saisit.
- Acceptes-tu de me rencontrer, je suis de passage.
- Si tu le veux, cet après- midi je serai libre.
- Je t'attends à la sortie à midi. »

J'étais fébrile, très émue. L'heure tournait si lentement ! Henri, mon amour, ma passion! J'avais alors dix-neuf ans. Je l'avais connu au mariage d'un vague cousin. Il m'avait impressionnée, subjuguée. Nous avions correspondu puis il m'avait fréquentée. Après mon opération de l'appendicite, j'avais passé huit jours chez lui, chaperonnée par ses parents. Il était reparti à Paris où il était pompier. Et puis, plus rien! Il ne m'avait plus donné de nouvelles pendant deux mois. Je reçus une lettre de rupture qui me disait que je n'avais rien à me reprocher... Toute ma vie, cette question lancinante m'avait torturée : que s'était-il, passé ? Mon amour pour lui était resté intact. Enfin allais-je peut-être avoir une réponse!

Midi. Je pris mon *VéloSolex* et sortis. Henri

 Voir tome II, " Jours heureux".

attendait non loin du porche. Le même !... Le même homme, aussi beau que vingt ans plus tôt dans sa tenue militaire. Ses grands yeux sombres brillaient. Le dessin de sa bouche était toujours souligné par une fine moustache.

« Henri !

- Elise ! »

Nous tombâmes dans les bras l'un de l'autre. Vingt ans étaient effacés d'un coup. Nous étions deux adolescents.

On l'attendait pour déjeuner ; il devait se rendre à son rendez-vous.

Nous décidâmes de nous retrouver l'après-midi, chez moi. Nous avions tant de choses à nous dire.

J'attendais avec impatience le coup de sonnette et je dus avoir des ailes en descendant l'escalier pour aller lui ouvrir. Je le précédais dans mon petit logis. Vers dix-sept heures Françoise allait arriver de l'école. Nous avons bu le café.

« Comment m'as-tu retrouvée ?

- Tu es allée à Montans où tu as prélevé ma cousine Plazolles à laquelle tu as demandé de mes nouvelles et quelques précisions. Elle me l'a répété lorsque je suis allé la voir.

Et la question qui brûlait en moi depuis vingt ans sortit spontanément :

« Mais toi Henri, toi ? Pourquoi cette lettre de rupture qui m'a torturée si longtemps ! Etais-je laide, bête ou parce que je ne t'avais pas cédé, étais-tu vexé ?

- Oh non Elise, rien de tout cela, rien du tout !

- Alors ?

- Je n'ai pas voulu te blesser en te disant exactement la vérité à l'époque. Alors je te la dois, cette vérité, maintenant. A présent que tu es femme, que tu as vécu, tu comprendras mieux. Je voulais demander ta main à tes parents. Je suis remonté à Paris où j'avais rencontré une femme de quarante ans et j'en avais vingt. Elle était couturière et belle, comme toi à présent. Bon, ce n'était qu'une amourette. J'allais la voir de temps en temps. Seul à Paris, tu sais ! Les autres garçons de mon âge couraient à droite et à gauche. Moi, je n'avais que celle-là.

Et puis il y a eu cette noce d'André Plazolles... et toi. Tu connais la suite, j'étais éperdument amoureux de toi. Sinon je ne t'aurais jamais emmenée à Françoumas chez mes parents, avec l'assentiment des tiens. A cette époque-là, cela était très rigoureux, tu en sais quelque chose et tu le comprends ! Je voulais t'épouser Elise, te prendre à Paris avec moi. Je voulais que tu sois ma femme ! Ma femme ! Tu peux ne pas le croire, mais tu es la seule femme à qui j'ai jamais dit : " *Je t'aime* " Et j'ai toujours pensé à toi.

- Moi aussi, Henri. Et pour cause, j'ai appelé mon petit garçon Henri, en souvenir de toi, mon grand chagrin d'amour. Je me suis souvent demandé si cela ne m'avait pas porté malheur lorsque je l'ai perdu.

- Je sais tout cela Elise, je te suivais de loin.

- Alors Henri, pourquoi n'es-tu pas revenu ?

- Ce fut une faute impardonnable, une punition peut-être aussi ? Lorsque je suis remonté à Paris, j'avais préparé un beau discours pour annoncer à cette femme que c'était fini entre nous et que j'allais me marier. Après nous être dit bonjour, elle ajouta qu'elle avait une nouvelle à m'annoncer. Elle était enceinte de moi. Le ciel m'est tombé sur la tête. Je lui ai alors avoué que je venais pour lui dire que j'allais me marier au pays. Mais étant donné les circonstances, je devais réparer ma faute et l'épouser, elle, pour donner un nom, un père à cet enfant.

« Non, Henri, m'a-t-elle répondu, je me débrouillerai seule, pour l'élever, il faut que tu te maries.

- Pas question, c'est une affaire d'honneur pour moi. »

Et je l'ai épousée, ça n'a pas traîné. Je ne pouvais pas t'annoncer cela Elise. J'étais tellement malheureux. C'est pour cela que j'ai tant attendu à te répondre, je ne savais comment t'écrire, en quels termes, mais il fallait le faire, pour ton honneur à toi. »

Je sentais bien qu'il avait été vraiment brisé, lui-aussi à l'époque. Mais s'il m'avait dit la vérité, je l'aurais certainement traité de « grand salaud », de m'avoir fréquentée en même temps qu'une autre. Peut-être, je ne sais pas. Peut-être aussi me serais-je sentie la sacrifiée « pour l'honneur ». Cela serait mieux passé sans doute avec ce sens de l'honneur qui nous était tant inculqué à l'époque. J'étais la sacrifiée de toute façon, mais j'aurais laissé ma place à un petit enfant innocent et il n'y aurait pas eu « d'enfant bâtard » comme l'on disait à ce moment-là. Mes parents avaient repoussé Michel qui en était un, le pauvre. Cet échec devait briser toute ma vie, avec toutes ses conséquences.

Cela devait être ainsi, « c'était écrit », disait-on.

« Mais tu as ta femme tout de même, et ta fille. As-tu d'autres enfants ?

- Oui, c'est vrai, j'ai une femme plus âgée que moi, plus âgée que ma mère. Jeune, je n'y pensais pas. Aujourd'hui, à quarante-cinq ans, je vis avec une grand-mère qui dort au premier étage dans sa chambre et moi au second, dans la mienne. J'ai une fille qui ne descend jamais ici, au pays. J'y viens toujours tout seul. J'ai été puni. Et me revoici aujourd'hui... avec toi !, » dit-il.

Il me souriait.

«On pourrait tout de même s'asseoir l'un à côté de l'autre ? »

Je n'avais ni fauteuil, ni canapé, seulement mon petit lit-cosy où l'on s'installa.

Nous avons pleuré sur nos vies ratées. Il prit ma tête au creux de son épaule. Nos bras s'enlacèrent. Le temps était suspendu... nos bouches s'unirent... comme autrefois... et sa fine moustache me chatouillait toujours aussi doucement...

Nous nous séparâmes subitement, les yeux mouillés de larmes, que nous essuyâmes rapidement, restant assis. La porte de la cuisine s'ouvrit, Françoise arrivait de l'école. Déjà dix-sept heures trente !

Je fis les présentations. Henri, ami d'autrefois,

qui était heureux de faire la connaissance de ma fille.

Il resta encore un peu, mais il devait reprendre le train. Paris l'attendait pour son travail, 36 Quai des Orfèvres.

C'est ainsi que se conclut définitivement cette partie de vie qui avait été lourde et pénible. Ma volonté et ma ténacité pour m'en sortir avaient été les plus fortes. Maintenant je savais ce que je voulais et surtout ce que je ne voulais plus. Je regardais mon avenir avec confiance. J'avais expérimenté que dans la vie, au plus dur des épreuves, il y a toujours une main qui se tend. Il faut savoir l'accepter avec simplicité.

C'est ça l'Amour.

EPILOGUE

Elise a retrouvé la paix et la sérénité dans sa vie de femme célibataire. Elle s'est épanouie dans l'écriture, la peinture, la danse, mais aussi dans la relation à l'autre, dans l'amitié, la fraternité. Elle adhérait à un cercle philanthropique et philosophique. Elle a œuvré pour l'émancipation des femmes et leur liberté.

Elle a écrit pour guérir. Elle aurait pu garder secrète sa vie avec ses douleurs et ses peines. Mais sa volonté était de démontrer que l'on peut rebondir après les épreuves et les souffrances. Elle voulait témoigner de la faculté que chacun a pour se relever de toutes les difficultés, de toutes les détresses, de tous les déchirements. Regarder toujours plus loin, sans quitter des yeux sa bonne étoile même si elle parait inaccessible. Ne pas sombrer mais relever la tête, s'accrocher et espérer malgré tout. Se souvenir des jours heureux en dépassant les tourments. Surtout, surtout ne pas se laisser abattre, se tenir droit et bien campé. « Sa chance, on se la fait. »

Le cèdre bleu de son enfance ressurgissait régulièrement dans la vie d'Elise pour lui rappeler le goût délicieux de la vie. Pour elle, tous les cèdres sont des signes d'encouragement.

Lecteur, ne dis pas que tu ne connais pas de cèdre. Tu as bien eu un arbre, une fontaine, un coin paisible, ombragé et protecteur. C'est peut-être ta grand-mère, un chien roux ou un chat noir qui furent tes confidents, tes soutiens. Tu peux retrouver chez quelqu'un ou quelque part un trait, une impression, une émotion qui te permettra de te plonger dans un bain de paix et " *d'en-vie* " quand tu en auras besoin.

Elise a aujourd'hui quatre-vingt-six ans. Elle s'est retirée dans une maison de retraite où elle travaille à conserver sa mémoire. Lorsqu'elle voit un cèdre bleu elle s'arrête et son regard se perd dans un rêve intérieur. Elle parle alors de Montauban, de son enfance, de la vie.

Elle a appris à vivre l'instant comme elle vivrait l'éternité. Profiter de maintenant, juste maintenant. Se rappeler -c'est-à-dire rappeler à soi- seulement les meilleurs moments. Oblitérer la douleur et les peines pour ne conserver que le meilleur. Le temps s'écoule. Le sablier laisse couler ses grains. Tout file, mais la douceur de la vie reste.

Elise croque encore la vie à belles dents, comme une gourmandise.

ÉDITIONS ÉDITE- MOI !
Imprimé par Copymédia

1er semestre 2017.
Dépôt légal : 1er semestre 2017